Ljubica Pošćić

AF281964

U Njemačku . . .

Nikada !!!

**Moja sjećanja,
ponekad tužna i zabrinjavajuća,
ali bilo je i
mnogo lijepih trenutaka.**

Predgovor

U razgovoru s našim prijateljima Gitta i Manfred, koji dolaze više od 50 godina na godišnji odmor u Opatiju, pitao me Manfred dali bi htjela prevesti s Njemačkog na Hrvatski jednu njegovu knjigu.

„Nisam prevoditelj, oni su školovani ljudi za to, a ja ne vjerujem da bi mi to uspjelo."

„Pa to je samo knjiga o Rudolfu, Sobu crvenog nosa, koju sam htio pokloniti direktoru hotela gdje smo već godinama stalni gosti, a on osim Hrvatskog govori samo Engleski i Talijanski. Htio bi ga iznenaditi s knjigom na Hrvatskom jeziku,"

Moja znatiželja, dali bi mi to uspjelo bila je velika i prihvatila sam tu njegovu molbu. Direktor je bio oduševljen knjigom, a i ja da mi je to uspjelo. Ali tu se nije zaustavilo s mojim prijevodima, slijedi knjiga – Posada Sobova Djede Božićnjaka i Čežnja za Opatijom.

Opet moja znatiželja koja mi ne da mira, dali bi mi uspjelo prevesti na Njemački moja sjećanja, koja sam pisala 1997, a stajale su u ladici 25 godina i bile namijenjene mome sinu Robertu tada 25-o godišnjaku.

Prevedem to na Njemački i pošaljem Manfredu da mu skratim večeri s čitanjem i čujem njegovo mišljenje o tome. Dan kasnije zove me Manfred telefonom i odmah govori: „Jako interesantno, oduševljen sam, moraš izdati knjigu i to s naslovom

– Nach Deutschland.......niemals! - Uz njegovu pomoć knjiga je na Njemačkom izdana 2022.

. . . Moja rodbina i prijatelji u Hrvatskoj, kada su vidjeli tu knjigu na Njemačkom, stalno me pitaju kada izlazi na Hrvatskom jeziku da ju i oni mogu čitati. I evo ju na Hrvatskom jeziku, uživajte u čitanju. . . .

Bibliografski podaci njemačke nacionalne knjižnice:
Njemačka nacionalna knjižnica zabilježila je ovu objavu u Njemačko nacionalnalnojbibliografiji; Detaljni bibliografski podaci dostupni su na Internetu na adresi http://dnb.dnb.de.

© 2024 Autor: Ljubica Pošćić

Izrada i Izdavačka kuća
BoD – Books on Demand, Norderstedt

ISBN: 978-3-7597-6704-2

Markuševec
Sitari

Blagoslov Kapelice Srca Isusova
22. rujna 1907

Moj djed Stjepan Sitar sagradio je 1907 uz veliku pomoć susjeda, ovu lijepu kapelicu ispred naše kuće. Hvala svima koji se i dalje o njoj brinu i održavaju ju.

„Nema čovjeka, koji bi mimo te kapelice prolazio, a da se ne bi poklonio Srcu Isusovom,“ riječi su gosp. učitelja Andrije Širola.

Sjećanja

Petak, 22. 08. 1997

Vraćam se autobusom iz Zagreba u Opatiju. Iako je autobus pun putnika osjećam samoću, samoću jer sam daleko od onih koje volim.

Daleko su od mene, ali u mojim mislima oni su uz mene.

Misli su mi odlutale u daleku prošlost.

Plačem, ne mogu zaustaviti suze koje se slijevaju niz moje lice.

Zašto plačem?
Plačem jer patim.
Zašto patim?
Zbog tebe sine moj.
Plačem i patim jer volim.
Ne sramim se priznati da volim i patim,
ne sramim se što plačem,
ne sramim se tih suza koje me guše,
ali kako da ih zaustavim?
Pokušat ću ih zaustaviti kroz ovu kratku
ispovijed mojega života.

U Hrvatskoj, na obroncima Medvedice, ispod samog Sljemena, na rubu grada Zagreba u prekrasnom zelenilu nalazi se moje rodno mjesto Markuševec. U tom malom slikovitom mjestu provela sam svoje sretno i bezbrižno djetinjstvo.

Jedne hladne večeri u Studenom 1969, tada već odrasla dvadesetogodišnjakinja spremala sam se da izađem s prijateljicama na „Čagu".

Sjećam se dobro bila je nedjelja, a svaku subotu i nedjelju u nekadašnjim prostorijama stare škole bila je „Čaga". Svirala je grupa „LIBERTAS", Johnny Grigorov. Jedina zabava za nas mlade u ono vrijeme.

Prije početka „Čage" svratile smo u Restoraciju. Sjele smo, naručile piće, a moj pogled odlutao je po lokalu i zaustavio se za susjednim stolom. U društvu meni poznatih mladića ugledala sam jedno meni nepoznato lice. Cijelo vrijeme kriomice sam promatrala to lice, razmišljajući tko bi to mogao biti, kako to da se nalazi u tom društvu, još ga nisam vidjela u Markuševcu, niti na „Čagi".

Izgleda da je osjetio moj uporan pogled na sebi, jer je pogledao u mom pravcu i naši pogledi su se sreli. Tog trenutka osjetila sam želju da upoznam tog nepoznatog mladića.

Popile smo piće i otišle na „Čagu", ali nepoznato lice mladića, njegova tamna kosa i pogled koji mi je uputio kada smo odlazile nikako da nestane ispred mojih očiju. Hoću li ga još vidjeti? Hoće li doći na „Čagu"?

Moja želja da ga sretnem na „Čagi" ostvaruje se. Pojavljuje se s društvom i naši pogledi opet se susreću. Večer prolazi, priželjkujem da me zamoli za ples, ali ništa od moje želje. Stoji sa strane, gleda kako drugi plešu i baca pogled u mom pravcu. Imam osjećaj da bi volio ali kao da se boji priči mi i zamoliti me za ples. Ne znam zbog čega, možda se boji da ga ne odbijem. Promatram ga i razmišljam što da učinim, a ujedno raste moja znatiželja, zašto ne pleše? Pa ako neće on učiniti prvi korak, učinit ću ga ja. Zašto ne. A što ako ne želi moje poznanstvo, ali pogled koji mi dobacuje govori za mene nešto drugo. Pokušat ću.

„Kad će opet da biraju dame?", pitam dečke koji sviraju i istog trenutka najavljuju. - „Ovaj ples biraju dame."

U trenutku sam bila kod njega, ne razmišljajući da bi možda njegov odgovor na moje pitanje – „Plešeš" – mogao biti ne. Nisam čula odgovor, ali znam da nije bio -ne- jer našla sam se u njegovim rukama i počeli smo plesati.

Ali koja katastrofa, postaje mi jasno zašto ne pleše, pa taj ima „dvije lijeve noge", kaže se kod nas za nekoga tko ne zna plesati.

Ostala sam malo razočarana zbog toga, ali ipak sretna što me nije odbio. Lagano se njišemo i vrtimo oko sebe utonuli svatko u svoje misli. Otplesali smo tri plesa, zahvalila se i vratila svojim prijateljicama s nadom da će on sada doći po mene za ples. Ali prevarila sam se.

Njegovo društvo pleše a on stoji sam i promatra oko sebe, a ja, ja promatram njega. Izgledao mi je izgubljen, možda se srami što ne zna plesati pa se ne usuđuje doći po mene.

Pa nije to tako strašno, naučit će plesati, zašto ne dolazi, zar nema hrabrosti. Ne znam što se dešavalo sa mnom, ali moja želja da ga upoznam, da saznam njegovo ime, da saznam od kuda je, neobično raste.

„Ovaj ples biraju Dame", najavljuju opet dečki i ja već krećem u njegovom pravcu, bojeći se da ga neka druga djevojka prije mene ne zamoli za ples.

Opet se lagano vrtimo oko sebe, sada već malo bolje u taktu. Pokušat ću još jednom da mu se približim.

„Ja sam Ljubica, a ti?" **„Darko.**" *„Još te nisam vidjela ovdje na Čagi.*" **„Ovo je prvi puta da sam tu**.*" „Odakle si?"* **„Iz Opatije.**" *„Prijatelj od Mirota?"* **„Da.**" *„U posjeti kod njega?"* **„Ne studiram u Zagrebu.**" *„Oho, student, što studiraš?"* **„Vanjsku trgovinu.**" *„Koju godinu?"* **„Prvu.**" *„A gdje ti je fakultet?"* **„Na Kennedyjevom trgu.**"

Dečki najavljuju pauzu. Rastajemo se i svatko odlazi svojim prijateljima. Moje prijateljice su znatiželjne.
„Dali ste se upoznali?"

„Da, Darko iz Opatije, studira vanjsku trgo-vinu prvu godinu, prijatelj od Mirota. To je sve što sam uspjela izvući iz njega.“

Student, student, stalno mislim na to, što će jedan student sa mnom, zanimanje – stro-jobravar-, radnicom u tvornici cipela „Ast-ra" u Zagrebu. Nemam šanse kod njega.

Pauza je prošla i opet počinje muzika za ples. Najednom stoji ispred mene i tihim, nježnim glasom moli me za ples. Bez riječi pošla sam ispred njega.

Dali je to stvarnost, on je došao po mene i zamolio me za ples. Zaboravila sam da ne zna plesati, zaboravila da sam strojobravar a on student, tog trenutka postajali smo samo nas dvoje.

Počeo je postavljati pitanja, jesam li iz Markuševca, od kuda poznam Mirota, kakvu sam školu završila i t.d. Eto sad zna i on ponešto o meni, kako će se dalje odvijati naše poznanstvo prepustimo to vremenu i sudbini. Ostatak večeri ostali smo zajedno.
„Zadnji ples za ovu večer, vidimo se sljedeće subote", najavljuju dečki.

Dali je i za nas to bio zadnji ples, hoću li ga opet vidjeti?
„Vidimo se sljedeće subote?" dolazi pitanje s njegove strane. *„Svakako."*

„Do subote, ćao!" *„Do subote, bok!"*

„Ne vjerujem da će se taj pojaviti u subotu", govorim prijateljicama. Student, student, stalno mislim na to. S malim nestrpljenjem čekala sam da dođe subota.

Subota, ja i prijateljice smo na „Čagi" ali njega još nema. Hoće li doći, ponavljam bezbroj puta u sebi. Napokon se pojavljuje njegovo društvo i on među njima. Njegov pogled luta dvoranom i zaustavlja se na meni. Smiješi se i ide u mom pravcu.

„Halo, evo me." *„Drago mi je."*

Ostali smo zajedno tu večer i svaki ples bio je naš. Uskladili smo ritam kao da već mjesecima zajedno plešemo. Nakon završetka plesa pitao me dali može da me otprati kući.

„Ako želiš može."

Obasjani mjesečinom krenuli smo u pravcu mojega doma. Odjednom se zaustavio, zagrlio me i nježno spustio poljubac na moja usta. Ostala sam iznenađena, nisam se nadala ali sam cijelu večer to priželjkivala.

„Sutra ne mogu doći, vidimo se drugu subotu." *„A u tjednu da se nađemo"*, pitam *ga.* **„Nažalost svaki dan ujutro imam predavanja a popodne moram učiti jer spremam neke ispite."** Ah da student, student. *„Dobro do subote."* **„Ćao."** *„Bok."*

Taj tjedan bio je dugačak za mene. Konačno je došla subota a s njom i moj Darko. Sretna sam jer je došao, sretna što je uz mene, sretna što smo proveli večer zajedno na plesu. Na rastanku mi govori da za novu godinu odlazi u Opatiju, te ćemo se vidjeti tek sljedeće godine. Bila sam žalosna, ali što se može, proći će i to.

Tih dana bio je stalno u mojim mislima, osjećala sam da bi moji osjećaji mogli krenuti putem ljubavi i da bi se mogla zaljubiti. Ali ne, nemoj, ne smiješ, još ga dobro ne poznaš, govorila sam sama sebi, zar opet da patiš ako ti ljubav ne bude uzvraćena. Pričekaj, imaš vremena, budi oprezna.

Željno očekivana subota je došla. S nestrpljenjem sam očekivala da se pojavi. Hoće li se pojaviti? Još uvijek sam nesigurna. Evo ga, stigao je. Trčim k njemu, grli me nježno, čestita Novu Godinu i govori mi: **"Mnogo si mi nedostajala."** *„I ti meni."*

Bila sam neobično sretna što je tu uz mene, što me nije zaboravio. U tjednu se nismo mogli vidjeti jer morao je učiti, još uvijek se sprema za ispite. Ostaje nam dakle samo subota i nedjelja da se vidimo. Sljedeće subote došao je na vrijeme.

„Moram s tobom razgovarati." *„Jako važno?"* **„Za mene da."** *Što se desilo, kad je tako važno?*

Promatram ga, djeluje mi izgubljeno, nešto ga muči, o čemu mora razgovarati sa mnom? Zar će doći kraj ljubavi koja još nije niti počela? Zar studenti nemaju vremena za ljubav? Zagrljeni prepuštamo se taktovima muzike, nježno provlači ruku kroz moju kosu i šapuće mi na uho, **"Volim te."**

Dali je to san ili stvarnost, rekao mi je da me voli. I ja tebe volim, ponavljam u sebi, ali te riječi ne silaze s mojih usta. Zašto nemam hrabrosti priznati mu da i ja njega volim?

Najednom mi pokazuje sliku mladića u vojničkoj uniformi.

„To mi je brat.“ *„Baš je zgodan, jako ti je sličan.“*

Sprema sliku i nedugo iza toga ponovo je vadi i opet mi je pokazuje.

„Pogledaj dobro sliku, nije to moj brat, to sam ja dok sam bio u vojsci.“

„Bio si u vojsci, baš fino, uniforma ti je dobro pristajala. A gdje si bio u vojsci?“
„U Čakovcu.“

Nakon nekog vremena opet počinje.

„Moram ti još nešto reći, ne znam kako da počnem, bojim se da ćeš se naljutiti na mene. Volio bi da smo sami dok ti budem pričao što me muči.“

Zašto je tako tajanstven, da nije možda oženjen ili ima djevojku u Opatiji? Zagrljeni napustili smo dvoranu za ples prije završetka večeri. Nismo daleko stigli, zaustavio se, primio me za ruke i počeo govoriti.

„Sve što sam ti govorio u vezi slike koju sam ti pokazao, nije istina. Istina je jedino da sam to ja na slici. Kad smo se upoznali rekao sam ti da studiram, što također nije istina. Završio sam školu za modelara i sada sam u vojsci u Zagrebu. Kod Mirota sam se presvukao u civilno odijelo, jer tko rado gleda vojnika. Eto sad znaš istinu, nadam se da se između nas zbog toga ništa neće promijeniti i da mi možeš oprostiti tu moju laž.“

Bez predaha je izgovorio te riječi. *„Ne neće.“* **„Sigurno.“** *„Sigurno.“*

Odahnuo je.
„Naprosto ne mogu vjerovati. Zar ti ne smeta što sam vojnik?“
„Zašto bi mi smetalo?“
„Djevojke ne vole baš vojnike.“
„Nisu sve djevojke iste.“

„Stvarno se neće ništa promijeniti između nas?“ *„Stvarno neće.“*

„Žao mi je već je kasno, moram na autobus. U subotu Mirota nema, ima ferije i odlazi za Opatiju pa se nemam gdje presvući. Hoće li te smetati ako dođem u uniformi?“ *„Neće.“*

„Neću moći dugo ostati jer sam dežuran, sanitet, vozim prvu pomoć. Doći ću samo na kratko kolima.“ *„Dobro“*

"Nadam se da nije kasno da počnemo ispočetka? Sad mi je puno lakše oko srca kad znaš istinu. Ne zaboravi VOLIM TE. Ćao.“ *„Ćao.“*

Spustio je nježan poljubac na moje lice i otišao. Stojim i gledam za njim kako odlazi, njegov lik polako se gubi u tami. Ostala sam stajati na mjestu, nemam snage da se pomaknem a suze teku niz moje lice kao da žele izbrisati njegov poljubac.

Zašto plačem? Plačem jer sam ga zavoljela svim svojim srcem, a on se igra mojim osjećajima. Sada mu je lakše oko srca, a meni, kako je meni oko srca? Borila sam se da se ne zaljubim tako brzo, ali teško se boriti protiv ljubavi, ona dođe iznenada.

Istina, što je istina od svega toga? Što da vjerujem, sve same laži? Ako je vojnik zašto mi je lagao govoreći da je student, ako je student, zbog čega govori da je vojnik?

Zar je lagao kada mi je rekao da me VOLI? Zašto nemam sreće u ljubavi, zašto moram stalno patiti? Pitanja, pitanja, odgovora za sada nemam. Još uvijek stojim na mjestu, ne znam što da mislim o svemu tome i u tom trenutku dolaze moje prijateljice.

„Što se desilo, izgledaš kao da si saznala da dolazi kraj svijeta?" pita me Slavica.
„*Upravo tako.*"

Da osjećala sam se tog trenutka kao da dolazi kraj svijeta za mene. Porušile su se sve moje nade i želje, ostala je praznina u mom srcu, praznina ne, jer on je u mom srcu. Bol, bol koja me guši ostaje.

Ukratko sam ispričala što sam saznala.

„Pa nije to tako strašno, bolje vojnik nego student, oni su barem vjerni,“ govori Dubravka.

Te noći nisam mogla mirno spavati, stalno je bio u mojim mislima. Cijeli tjedan živjela sam kao u nekom košmaru i stalno u sebi govorila, strpi se ako se u subotu pojavi u vojničkoj uniformi, onda je stvarno vojnik, ako ga nema jedno bolno iskustvo više. Bio je to za mene dugačak tjedan. Sa strahom sam očekivala subotu, što će mi donijeti, sreću ili tugu.

Na „Čagi“ stalno gledam u pravcu ulaza, hoće li se pojaviti, hoću li ga prepoznati u uniformi. Došao je, stoji na vratima, promatra nesigurno oko sebe i kao da se boji uči. Prilazim mu, smiješi se. Bio je to smiješak olakšanja za njega i mene.

Bila sam sretna, sretna jer je došao zbog mene, sretna jer je istina da je vojnik, sretna jer je imao hrabrosti doći u uniformi. Ne volim ga ništa manje zato što je u uniformi, volim ga još više. Dajmo još jednu šansu našoj ljubavi, počnimo ispočetka, govorim u sebi.

Nije mogao dugo ostati, ali to malo vremena što smo proveli zajedno iskoristili smo za razgovor.

„Bojao sam se doći, bojao sam se da me nećeš pogledati nakon sveg ovoga, oprosti ako sam ti nanio bol. Nakon našeg prvog plesa, pitao sam se, što bi ti odgovorio da me pitaš što radim u Zagrebu.

Ako ti velim da sam vojnik, sigurno nećeš htjeti imati posla s vojnikom. Poslužio sam se lažju, jer sam želio tvoje poznanstvo, ali vojnik je stajao između nas.

Dok sam bio za Novu Godinu kod kuće postalo mi je jasno da mi nedostaješ, da mi značiš više od prolaznog poznanstva, uvukla si mi se u srce. Moje misli stalno su bile kod tebe u Markuševcu. Jedva sam čekao da se vratim u Zagreb. Morao sam sakupiti svu hrabrost i reći ti istinu.

Znam da mi u tom trenutku kada sam ti rekao sve o sebi, nisi mogla ništa vjerovati i ne bi te osudio da si prekinula naše poznanstvo. Neobično sam sretan da ti ne smeta što sam vojnik. Nadam se da više neću doći u situaciju da se služim lažju.

U utorak navečer čekao sam te u Maksimiru kad si se vraćala s posla. Stajao sam kod kioska za prodaju voća, zar me nisi vidjela."

„Ne, zašto se nisi javio?"

„Da si bila sama javio bi se, ali bila si u društvu. Nisam imao hrabrosti da ti se javim, bojao sam se tvoje reakcije kada me vidiš u uniformi."

„Trebao si se javiti, stvarno te nisam vidjela."

„Poslije sam mislio da me možda nisi htjela vidjeti, da je uniforma promijenila tvoje osjećaje prema meni. Zašto ti nisam odmah rekao da sam vojnik, tada nisam mislio da će se naše poznanstvo pretvoriti u nešto više.

Još nešto ti moram reći, imao sam djevojku u Opatiji, D......a, poznavali smo se dosta dugo. Kada sam odlazio u vojsku plakala je i govorila da će me čekati jer me voli. Nije mogla čekati, brzo se utješila s mojim najboljim prijateljem. Patio sam zbog toga. Možda sada bolje razumiješ zašto sam tako postupio. Bojao sam se novog poznanstva dok sam vojnik, da ne budem opet razočaran."

„Razumijem te i ja sam se zaljubila sa 16 godina i patila kada je otišao u vojsku. Govorio je da me voli, vjerovala sam mu , ali ja nisam imala hrabrosti njemu reći da ga volim. Možda je bio uvjeren da ga ne volim, jer nakon povratka iz vojske brzo je našao utjehu u drugoj. Ali to je prošlost, zaboravimo je. Sada postojimo samo nas dvoje. VOLIM TE."

Ostala sam iznenađena kako sam lako prvi puta izgovorila te dvije riječi. Da volim ga, zavoljela sam vojnika kojemu ostaje još tri mjeseca vojnog roka.

Sljedeće subote, zbog nestanka struje plesa nije bilo. Pokidale se negdje žice od struje a izgledi da se kvar odstrani tu večer bili su mali. Stojimo tako s društvom na okupu dogovarajući se kako da provedemo tu večer. Najednom govori moj brat, Vid, da bi mogli kod nas na jedno piće. Imali smo dobro vino, hvalili su ga svi koji su ga pili, ja ga ne pijem, a zašto?

Dječja znatiželja u jedanajstoj godini, morala sam probati to hvaljeno i dobro vino, sama kod kuće, otišla sam u podrum i popila čašica vina. Kiselo je, ah da govore odrasli, prva čaša pije se pomalo a druga ide sama. Popijem i drugu i ona kisela ali malo manje.

Nakon treće kiselost je još prisutna ali najednom osjećam neki karusel u glavi i nestabilnost u nogama. Dobro da nije bilo nikoga u kući i krevet u blizini. Od tada je vino za mene kiselo piće i nikad ga više nisam okusila.

Društvo je odmah bilo za to, jer su poznavali moje roditelje, ali moj Darko bio je neodlučan.

„Što će reći tvoji roditelji kad se pojavi vojnik u njihovoj kući."

„Ne boj se poznam svoje roditelje, bit će im drago što smo došli."

Tako je i bilo, nisu imali ništa protiv.
„Da narežem malo suhe šunke," pita me mama.

Prije nego sam stigla pitati društvo dali su za šunku, mama je već u poslu, reže šunku, a moj brat Vid nosi vino iz podruma.

Folklor „**Prigorec**", slikano ispred moje kuće 1966

Imali smo staru idiličnu kuću koju je sagradio naš djed Stjepan Sitar 1903 godine. Kuhinja i podrumi bili su u prizemlju, a gore tri sobe, jedna prazna i dvije za spavanje, okružena verandom s predivno izrezbarenim stupovima.

Stepenicama izvana dolazilo se na verandu a s verande je bio ulaz u sobe. Sliku te kuće moglo se vidjeti na razglednici grada Zagreba, na kutiji Bombonijere, suvenir čaša, raznim prospektima i knjigama vodiča grada Zagreba. Bila sam ponosna na tu kuću bez velikog komfora, bez kupaone i zahoda.

Zahod je bio u dvorištu uz štalu, a kupaona, lavor. Iz te siromašne kuće zračila je toplina, svatko tko je pokucao na vrata, bio je dobro došao gost, uvijek se našlo nešto na stolu za ponuditi. Ni ovog puta nije bilo drugačije. Kada je mama narezala šunku i kruh, te stavila to na stol, otišla je s tatom kod susjede da nam ne smetaju. Večer je protekla romantično uz svijeću, šunku, kruh i vino. Društvo je bilo zadovoljno i veselo.

Drugu večer na plesu govori mi Darko:

„Jučer sam se osjećao ugodno kod tebe. Bio sam iznenađen jednostavnošću s kojom su tvoji roditelji primili cijelo društvo i mene. Imaš dobre roditelje."
„Da imam."

Nije mogao vjerovati da mi nisu predbacili što sam dovela društvo i vojnika u kuću. Vrijednost čovjeka kod nas se nije gledala kroz odjeću, a i moj brat Vid bit će uskoro vojnik, zar će onda biti manje vrijedan.

Eto tako je prošlo naše burno poznanstvo koje se pretvorilo u iskrenu ljubav.

U trećem mjesecu 1970, odlazi moj brat na odsluženje vojnog roka u Suboticu. Kao što je tada bio običaj, s društvom smo ga ispratili na vlak. Stojim na peronu dok se vlak polako udaljuje, pokušavam ali ne uspijevam sakriti suze.

Plačem, zašto plačem?

Plačem zbog rastanka, svaki rastanak boli, a preda mnom je rastanak i od moje ljubavi koja odlazi na vojne vježbe dva tjedna. Darko me tješi, njegov zagrljaj i riječi pune ljubavi ublažuju moju bol.

Došao je i dan našeg rastanka. Nisam plakala da nam rastanak ne bude težak, gušila sam suze u sebi dok me ljubio na rastanku i govorio.

„Ljubice, moramo biti jaki, moramo imati povjerenja jedan u drugoga. Znam da ti je teško i meni je teško, ali vjerujem u tebe, u našu ljubav koja mi daje snagu da lakše podnesem ovaj rastanak. Ne zaboravi volim te svim svojim srcem.“

„I ja tebe volim.“

Kada je otišao a ja ostala sama, potekle su suze niz moje lice. Ljubav, povjerenje, volim te – te njegove riječi koje mi je rekao na rastanku zaustavile su moje suze i dale mi snagu da izdržim ta dva tjedna.

Nekoliko dana poslije njegovog odlaska, stiže pismo za mene. Prepoznajem Darkov rukopis. Bila sam sretna dok sam čitala te nježne riječi u pismu, ali i žalosna jer mu ne mogu odgovoriti na njih. Moram čekati dok se vrati i kažem mu da ga volim, da mi je nedostajao, da je bio stalno u mojim mislima i željno očekivala njegov povratak.

Dva tjedna bila su dugačka za mene, nedostajao mi je, ali sam sretna što smo opet zajedno. U njegovom zagrljaju zaboravljam na moment da nam ostaje još 15 dana do ponovnog rastanka, još 15 dana do završetka njegovog vojnog roka. Iskoristili smo svaki slobodni trenutak da budemo zajedno.

Bio mi je podrška i oslonac kada je stigao telegram od moga brata iz vojske da mu hitno pošaljemo odijelo jer dolazi kući.

Svi smo se uplašili da mu se nije nešto desilo. Mama spremila torbu s odijelom, tata sjeo u vlak i otišao da vidi što se desilo.

„Zbog ravnih stopala nesposoban za vojsku," govori nam tata kada se vratio. Dva dana kasnije stigao je i moj brat živ i zdrav.

30. 04. 1970, dan završetka Darkovog vojnog roka došao je brzo, a s time i dan njegovog odlaska za Opatiju. Taj dan radila sam ujutro a vlak za Rijeku polazio je popodne u 16 sati. Dok sam ja na poslu Darko odlazi u Markuševec da se pozdravi s mojim roditeljima i društvom. Dogovorili smo se da se nađemo kod Mirota. Ja s posla i moj brat stigli na vrijeme ali Darka još nema. Čekamo, već je kasno, zakasnit će na vlak, nervozni smo.

Evo ga, stiže trčećim korakom, uzima put-nu torbu, zaključava stan i trčimo na tramvaj. Imam osjećaj da tramvaj sporo vozi, neće stići na vlak. Konačno smo na kolodvoru i opet trčimo do perona gdje stoji vlak. Stigli smo u zadnji čas.

Miro koji također putuje za Opatiju već je u vlaku i maše s prozora. On je direktno iz škole išao na vlak. Darko u zadnji moment uskače u vlak, jer je prometnik već dao znak za polazak. Ja i brat stojimo i gledamo za vlakom koji se polako udaljuje. Kada je vlak nestao iz našeg vidika, postajem svjesna da sam ostala sama, nismo se stigli niti oprostiti, samo kratak poljubac i ćao.

Otišao je. Zašto? Morao je.
Osjećam dodir nečije ruke na ramenu: "Idemo nemoj plakati," tješi me brat.

Zar plačem? Zašto plačem?

Plačem jer ga volim a rastanak boli. Plačem jer postao je dio mog života, a sad odlazi. Dali je naša ljubav dovoljno jaka da izdrži sva iskušenja, hoće li me zaboraviti, sada je među svojim društvom i više nije vojnik. Volim ga i teško mi je, ali moram biti hrabra i vjerovati u našu ljubav.

Nestrpljivo sam čekala njegovo pismo. Nakon nekoliko dana stiglo je očekivano pismo koje je ublažilo moju tugu.

Prije njegovog odlaska iz Zagreba pozvao me da dođem u Opatiju.

Prilika mi se ubrzo pružila. **Bila sam član folklornog društva „Prigorec" koji je sudjelovao na Smotri Bratstva i jedinstva u Rijeci, te su imali nastupe i u okolnim mjestima.**

Zbog posla nisam bila u mogućnost biti s njima tih tjedan dana ali me moj susjed i voditelj Štefek, zamolio ako mogu doći barem za vikend u slučaju ako im treba pojačanje a imaju nastup u subotu 09.05.1970 u Opatiji. Štefek u subotu sam u Opatiji.

Noćnim vlakom stigla sam u subotu ujutro u 5.30 u Rijeku. Silazim iz vlaka, pogled luta po peronu, tražim Darka ali njega nema a pisao mi je da će me čekati. Što ću sad? Ništa, čekaj, ako ga nema sjedni u prvi vlak i vrati se u Zagreb.

Izlazim iz zgrade kolodvora, opet ga pogledom tražim. U tom trenutku stiže autobus iz Opatije a moj Darko izlazi iz njega i trči prema meni. Grli me, ljubi, ne pušta iz naručja. Sretna sam.

„Izvini što si čekala, autobus je kasnio."

Stižemo autobusom u Opatiju, silazimo na stanici ispred tržnice i gledam oko sebe. Poznata mi zgrada tržnice, poznate su mi i okolne zgrade. 1960, tada 11-o godišnjakinja, posjetili smo ja i tata njegovu sestričnu Katicu u Opatiji.

Sjećam se dobro da smo izašli na toj stanici s autobusa i pitali prolaznike za hotel Slavija gdje je radila teta Katica. Nakon 10 godina opet stojim tu i ne mogu vjerovati toj sudbini. Tada sam bila prvi puta na moru i to u Opatiji.

Vremena za razmišljanja nisam imala jer je Darko ugledao svog tatu u razgovoru s prijateljem. Prilazimo mu i Darko me upoznaje s njim.

„Drago mi je, dobro došla, kako si putovala?" *„Također mi je drago, dobro sam putovala."*

Dragi čovjek, ako mu i žena ostavi takav dojam na mene onda se ne trebam bojati upoznavanja s njom.

Darko mi pokazuje zgradu nedaleko od tržnice u kojoj stanuje, a njegova mama maše nam s prozora. Čekala nas je ispred vratiju stana na drugom katu. Bojažljivo joj pružam ruku a Darko joj govori:
„Mama ovo je Ljubica."

„Drago mi je, Darko mi je mnogo pričao o tebi, konačno da te i upoznam."
„I meni je drago."

Od velikog straha bilo je sve što sam uspjela reći i mislim u sebi, ima mladu i zgodnu mamu. Brata mu nije bilo kod kuće, otišao je kod djevojke na Učku.

Gledam oko sebe i ne mogu sakriti iznenađenje. Iznenadili su me njegovi roditelji, prava gospoda. Iznenadio me njihov stan, 110 m^2 u centru Opatije, lijepo i moderno namješten. Tri spavaće sobe, veliki dnevni boravak s balkonom, velika kuhinja sa špajzom, te kupaona sa zahodom.

Osjećala sam se izgubljeno i siromašno, u mojim očima oni su tada za mene bili bogati, jer sam njihov stan usporedila s našom kućom. Darko je svojom ljubavlju uspio odstraniti taj osjećaj u meni, jer on je volio mene a ostalo mu nije bilo važno. Bojala sam se prvog susreta s njegovim roditeljima, ali, ostala sam živa.

Moji „Prigorci" pojačanje nisu trebali, ali je bilo prekrasno promatrati njihov nastup u tako dragom i voljenom društvu. Bili smo oboje sretni što smo opet zajedno. Zagrljeni šetali smo uz more, odmarali na klupi te uživali u mirisu mora i suncu koje nas je grijalo.

Ta dva dana koja smo proveli zajedno prošli su strahovito brzo. Nažalost rastanak je pred nama i sada Darko stoji na peronu a ja u vlaku.

„Za dva tjedna dolazim u Zagreb," čujem ga da govori dok vlak polako kreće. Dva tjedna pa se opet vidimo, ponavljam bezbroj puta u sebi za vrijeme vožnje. U sedmom mjesecu imam tri tjedna godišnjeg odmora i Darko je došao po mene.

„Stvarno ti roditelji nisu ništa rekli što opet dolazim i to na tri tjedna."

„Ne boj se, stvarno nisu ništa rekli."
„Ne znam, imam čudan osjećaj, bojim se."

Doček je bio srdačan, ali ipak sam puna straha. Poklon za roditelje bio je pravo iznenađenje. Za mamu Bombonijera sa slikom moje kuće.

„Prekrasno, prekrasna kuća, hvala." „Prava zagorska hiža," govori mu tata. Nisam mogla a da mu ne proturječim. „Ne nije zagorska nego PRIGORSKA."

Za tatu naše domaće crveno vino. „Uh, dobro je, crveno, Prigorsko. Zagorci delaju samo bijelo, hvala."

Dani su nam bili prekratki i brzo su nam prolazili u kupanju, vožnji čamcem, pecanjem riba, šetnjama, posjet kinu te restoranima. Prvi puta u životu vidjela i jela Lignje i Škampe. Kod nas poznata nama riba na jelovniku, samo za veliki petak i badnjak, bie su Sardele, Pastrve ili Šaran.

Darkov tata bio je tajnik turističkog društva Opatija i organizirao je jednodnevni izlet brodom na otok Rab za nas dvoje. Taj izlet ne mogu zaboraviti jer sam ulaskom u vodu stala na morskog ježa, kojih je bilo na stotine, barem mi se tako činilo.

Molim Darka da ne govori kod kuće o mojoj nesmotrenosti, jer opet se pojavljuje taj čudan osjećaj straha u meni. Strah da se smiju djevojci sa sela, jer nije znala paziti i ne zna što je more.

Istina morskog ježa vidjela sam do tada samo na slici, ali Darko me opomenuo da pazim jer more je na tom mjestu bilo puno ježeva. Kada je mama vidjela kako hodam odmah je pitala što se desilo, lagati nisam mogla a trebalo je i iglice odstraniti sa stopala. Smijali se jesu ali taj smijeh nije bio ismjehivanje, to se može svakome desi-ti, ni riječi o djevojci sa sela.

Naš Prigorsko-Zagrebački dijalekt razlikuje se od njihovog primorskog i tako se u mom govoru čuje moj-kaj-. „Prava Zagorka, kaj," veli mi Darkov tata. Opet sam ostala iznenađena i opet ga ispravljam.

„Izgleda da baš dobro ne poznajete zemljo-pis. Nisam Zagorka već ponosna Prigorka.

Živjeli ste neko vrijeme u Zagrebu i niste čuli da se prigradska naselja sjeverno od centra Zagreba nalaze u pri-gorju, ispod Medvednice, i zbog toga smo Prigorci a naselja iza Medvednice za–gorje i zbog toga su Zagorci."

Nije me to uvrijedilo ali iznenadilo, jer u Prigorju i Zagorju jesu sela i tu žive pretežno seljaci-poljoprivrednici, više u Zagorju nego Prigorju. Opet onaj neugodni osjećaj, djevojka sa sela Markuševec, udaljenog od centra Zagreba samo 6 km, a oni gospoda iz centra Opatije.To ne ide zajedno.

Mama svaki dan krpe pod noge i glanca parkete u sobama. Pitam ju dali smijem da joj pomognem, ne treba jer sam na godišnjem odmoru. Gledam te parkete, pa sjaje se, čemu treba to svaki dan glancati, brisati prašinu, usisavati, dobro kuhinju i kupaonu razumijem, ali spavaće sobe, pa tu se nitko ne zadržava preko dana.

Navečer u krevet, ujutro iz kreveta, jednom tjedno bilo bi dosta pospremanja. Krpe pod noge, glancam i ja parkete u sobi gdje spavamo, jer se bojim da poslije ne priča kako joj nisam htjela pomoći.

Pomalo upoznajem i Darkovu rodbinu, nonu Sofiju, mama od Darkovog tate. Darko je u pravu, draga žena, kao i sve none i bake. Stanuje s unukom Borisom na prvom katu u istoj kući gdje i Darkovi. Tetu Olgu sestru od Darkovog tate, tetu Nadu sestru od Darkove mame ne smijem izostaviti, dolazi svako jutro poslije tržnice kod njih, na kavu i čašicu likera.

Djecu od tete Nade, Ružicu, Rajka, Marijana i Mladena sretali smo na plaži, Mirjana je studirala u Beogradu. Roditelje od Darkove mame, nonu Antoniju i nonota Vjekoslava koji stanuju sa najmlađim sinom Pupotom i njegovom familijom, ženom Valerijom i djecom, Đani i Denis. Ima još rodbine ali prekratko sam u Opatiji da ih svih upoznam.

Jednog dana Darko je tražio nešto u svojim ladicama i pokazivao mi razne uspomene koje je tu držao. Najednom drži u ruci malu kutiju i ne zna kuda da ju stavi. Pitam ga što je to.

„Ništa, ne smiješ to još vidjeti."

Moja znatiželja, molba i upornost nisu mu dali mira. Nije mogao odoljeti mojim molbama.

„Htio sam ti to pokloniti za rođendan, ali kad si već vidjela kutiju, evo ti ju."
„Ako je za rođendan neću je sada, daj mi ju na taj dan."

„Uzmi ju i otvori."

Sumnjala sam što bi moglo biti u kutiji. Polako otvaram kutiju i ono što sam ugledala u kutiji premašuje sva moja očekivanja.

„Zar ti se ne sviđa," pita me Darko jer ne govorim ništa, ostala sam bez riječi, samo gledam u ono što je u kutiji.
„Predivan je, prekrasan."

Predivan prsten, s velikim kamenom lila boje, koji se prelijeva u svjetlo lila, okružen s malim bijelim kamenčićima. Suze radosti nisam mogla sakriti a Darko ih je osušio svojim poljupcima.

„Kada sam ga ugledao kod zlatara, znao sam, taj prsten moram kupiti za tebe i nijedan drugi. Čim sam dobio prvu plaču, odmah sam bio kod zlatara."

„Divan je, hvala ti."

Prvi prsten u životu, s ponosom sam ga nosila a pogledom na njega imala sam osjećaj da je Darko uz mene.

Tri tjedna brzo su prošla, ostali su mi u nezaboravnom sjećanju. Na rastanku sam dobila tri divna ručnika od Darkove mame i govori mi:
„Dođi nam opet."

I dalje smo izmjenjivali pisma i viđali se svaki drugi tjedan. Daljina koja nas je djelila još je više povezala naša srca i učvrstila našu vjeru u ljubav i povjerenje.

Za moj rođendan u desetom mjesecu Darko mi poklanja kišobran na sklapanje, prvi u životu. Bombonijera i bakarska vodica bili su obavezni poklon kada je došao u Zagreb.

Dobila sam suparnicu, Jasnu. Zaljubila se u Darka i Darko u nju. Nastala je prava borba između nas dvije.

„On je moj dečko, ne dam ti ga, voli me više nego tebe, dobila sam veću bombonijeru nego ti," govori mi Jasna.

S njezinih pet godina bila je slatka i draga, nije niti čudo da se Darko zaljubio u kćerku mojega bratića, Juriča. Dobro da nisam previše ljubomorna.

Prvu godišnjicu našeg poznanstva proslavili smo na mjestu gdje su nam se pogledi prvi puta sreli. U restoranu s našim prijateljima i prijateljicama nazdravili s pićem i poslije večer proveli na „Čagi".

Drugi dan u šetnji pita me Darko, dali si mogu zamisliti život negdje drugdje, daleko od svih tih dobrih i dragih ljudi. Teško bi mi bilo, ali mogu si zamisliti da živim bilo gdje uz nekoga koga volim.

Novu Godinu 1971 dočekali smo zajedno kod nas u kući, romantično uz svijeću. Zbog velikog snijega i vjetra, nema nigdje dočeka, jer nema struje kao i onda kada je Darko prvi puta došao kod nas sa strahom, u vojničkoj uniformi.

Dolazio je rado u Markuševec i osjećao se ugodno s tim ljudima, siromašnim ali bogatim u srcu. Nova Godina brzo je prošla i pisma su nam ostala opet jedina veza.

„Ovako više ne ide, već sam davno htio s tobom razgovarati o tome. Ta putovanja i rastanci naprosto me ubijaju," govori mi Darko kada je opet bio kod nas. Da istina je, rastanci su nam padali sve teže a želja da zauvijek ostanemo zajedno rasla je u nama.

„Kada sam zadnji puta došao iz Zagreba, razgovarao sam sa mamom, ustvari ona me pitala do kada ću izdržati ta putovanja, zar mi nije dosta toga. Rekao sam joj da mi je stvarno dosta tih putovanja i ne znam što da napravim. Neka se onda oženim, oni nemaju ništa protiv toga.

**Što misliš ti o tome. Dali si možeš zamis-
liti život u Opatiji."**

Iz njegovih pisama već sam davno shvatila
da želi o tome sa mnom razgovarati ali
nema hrabrosti, ali sam ipak očekivala da
me barem pita dali hoću da se udam za
njega. Da ćemo jednog dana ostati zajedno
bilo je za njega normalno. Bio je siguran u
svoju ljubav i osjećaje prema meni, siguran
u moju ljubav i osjećaje prema njemu, želio
je to i vjerovao da i ja to želim. Da željela
sam, željela sam mu postati žena, željela
sam biti uz njega, dijeliti s njim svako
dobro i zlo.

„Da mogu si zamisliti život u Opatiji uz tebe
i postati tvoja žena ako me hoćeš." **„Si-
gurno da te hoću, šumigica moja, tako
sam sretan. Kada bi moglo biti vjenčan-
je?"** „Kako bi bilo za Prvi Maj?"

**„Dobro slažem se, reći ću svojima. Do
onda ćemo urediti sobu za nas dvoje. Još
mjesec i pol dana i bit ćemo zauvijek
zajedno."**

Eto tako me moj Darko zaprosio!!!

Kada smo tu novost saopćili mojim roditeljima, tati je pao kamen sa srca, bojao se da me Darko ostavi, jer bi to bila velika sramota za mene i cijelu obitelj.

Mama se nije bojala ili nije htjela priznati da se boji. Ja se nisam bojala, jer sam voljela i vjerovala u našu ljubav.

Krajem trećeg mjeseca bila sam s Darkovom velikom ljubavi, Jasnom, u Opatiji. Osvojila je njegove roditelje i brata, koji joj se ne sviđa, ima samo drob (trbuh) i salo, Darko je njezin dečko.

Vrijeme je lijepo, ja i Darkova mama stojimo na balkonu i razgovaramo. Priča mi da je bila prije 7 godina u Njemačkoj i pospremala kod jedne obitelji tri mjeseca i zaradila tako puno da je nakupovala tri kofera robe za tatu, Davora i Darka, platila vlak i još joj ostalo 800 DM.

Kada se oženimo mogli bi i mi otići na par godina gore da si nešto zaradimo, dok smo još mladi i nemamo djece. Ostala sam bez riječi, u Njemačku ni u snu, nisam joj ništa na to odgovorila.

Pozvala sam u ime mojih roditelja, Darkove roditelje da nas posjete i dogovorimo se u vezi svadbe. Prihvatili su poziv i dolaze početkom četvrtog mjeseca. Ostalo mi je još malo vremena da kupim nove tanjure, beštek i šalice za kavu, jer ipak to su fini gosti.

Veselila sam se ali i bojala njihovog dolaska. Stigli su autom, kojega su iznajmili od rent-a car, a vozač Darko uživao u vožnji. Pozdravljamo se, upoznajem ih sa svojim roditeljima, stojimo u dvorištu i promatraju kuću i okoliš.

„A tu si doma," govori njegov tata," lijepa hiža."

U tom trenutku postaje mi jasno čega sam se bojala. Bojala sam se njihove reakcije kada vide našu kuću i ono što je u njoj, bojala sam se da ne pokažu da su razočarani jer im je sin odlučio oženiti tako siromašnu djevojku sa sela. Nisu izgledali razočarano, a ja odahnula.

Stigli su i naši prijatelji Ivek i Jelka s djecom Ivančicom i Krešom. Jasna je stalni gost kod nas, ne miče se od Darka. Poslije dobrog maminog ručka počeo je dogovor za svadbu i vjenčanje.

Darkov tata bio je spriječen za Prvi Maj zbog posla, pa smo prebacili termin za subotu 8 Maj. Vjenčanje i svadba održat će se u Markuševcu. Darkovi roditelji htjeli bi sudjelovati u troškovima oko svadbe ali moji roditelji neće niti čuti za to.

Zahvaljuju se, njihova kćerka se udaje i kod nas je običaj da roditelji od djevojke napra-ve svadbu i kupe spavaču sobu komplet opremljenu.

Naš prijatelj Ivek pita dali se mislimo vjenčati u crkvi. Mojem tati bilo bi drago, a Darkov tata je protiv crkvenog vjenčanja, ali se obojica slažu kako mi odlučimo. Naše mame prepuštaju odluku nama. Darku je svejedno, kako ja hoću. Bojažljivo govorim: „Želja mi je vjenčati se u crkvi." Darko se slaže, valjda neće biti problema jer Darko nije kršten.

„Dogovorili se jesmo, mi dolazimo 8 Maja, koliko će nas doći, javiti ćemo na vrijeme, a sada bi mogli krenuti da ne bude kasno, pred nama je dugi put," govori Darkov tata.

„Zašto ne bi prespavali ovdje i sutra poslije doručka polako krenuli, bilo bi nam drago da ostanete," govori moja mama, „Jurič je rekao da možete kod njega prespavati, ima dosta mjesta, a možete i tu kod nas."

Darko i Davor nemaju ništa protiv, mama i tata su neodlučni, ne bi htjeli smetati, ali smo uspjeli nagovoriti ih da ostanu. Iako bi kod Juriča imali više mjesta za spavanje te kupaonu i zahod u kući, radije su ostali kod nas.

Brat mi je na terenu pa su Darkovi roditelji i brat spavali u mojoj sobi. Ja i Darko u sobi mojih roditelja, mama u ku-hinji na otoma-nu a tata na štali na sijenu, jer nije htio ići kod svog brata.

„Hvala na svemu, bilo nam je lijepo", govori mi mama od Darka na rastanku, zagrlila me i poljubila.

Tjedan dana kasnije išli smo ja i tata u Opa-tiju da kupimo namještaj za spavaču sobu, ali i da vidi kuda mu to kćer odlazi. Bio je prezadovoljan.

Išli smo u Rijeku pogledati za namještaj. Velikog izbora u ono vrijeme nije bilo, sve klasično, dva ormara, dva kreveta sa noćnim ormarićima i ormarić s ogledalom.

Već kod ulaza u trgovinu moj pogled zaustavlja se na velikom i visokom ormaru, boje mahagonije. Baš je divan, mislim u sebi. I Darku je također zapeo za oko i njemu se sviđa. Razgledava on to stručnjački, kreveti niski spojeni u sredini, noćni ormarić s ladicama, ormarić s okruglim ogledalom također na ladice.

Ormar u jednom dijelu, visok, s pet vrata na ključ i gore pet malih vrata koja se otvaraju na pritisak prstom. Gledamo dalje ali sve klasično.

„Ova i nijedna druga," govorim Darku.
„U pravu si, nešto je posebna."

Zaljubila sam se na prvi pogled u nju, samo da nije prodana. „Prodana nije," govori nam prodavač. „ A cijena?" Sigurno je skupa, jer to je nešto novo, dali će mi se sviđati i kad čujem cijenu?

„Osamsto tisuća dinara," govori prodavač.

Darko me gleda jer to je pet njegovih plača, a on ne zna s koliko novaca raspolažem i puno je skuplja nego ostale.

„Naša je," govorim sretno. Moji roditelji dali su mi milijun dinara pa mi je još ostalo za vjenčanu haljinu i cipele.

Dogovorili smo datum kada ju mogu dovesti. Do tada će nam Gordan pofarbati sobu i polakirati parkete, pa ih više neću morati glancati. Bila je to soba Darkovih roditelja, dali ju nama a oni se preselili u manju. Ostale sobe već su pofarbane i parketi polakirani.

Ostala sam iznenađena kada sam vidjela te sobe, pa Gordan je pravi umjetnik a ne pitur (maler). Nije samo pofarbao, nego je naslikao i divne motive po zidovima.
Pitao nas je koju boju namještaja smo kupili, pa da prema boji namještaja pofarba sobu.

Brzo je prošlo tih par dana u Opatiji, morala sam se vratiti u Zagreb zbog daljnjih priprema za vjenčanje. Kada sam odlazila zidovi u našoj sobi bili su pofarbani u divnu svjetlo lila boju.

„Ostalo će biti iznenađenje," govori mi Gordan na rastanku, „vidimo se 8 Maja u Markuševcu."

„Baš mi je drago da ćete doći."

Sredili smo tata i ja papire na općini za vjenčanje, sve je u redu. S crkvom smo imali problem jer Darko nije kršten. Nisam htjela pitati našeg svećenika dali bi htio Darka krstiti i nas vjenčati da nas ne oglasi na propovijedi,

"Vjenčali bi se u crkvi a mladoženja je sin komunista koji nije kršten".
Bilo je to tada takvo vrijeme.

Pitali smo u Zagrebu u nekoliko crkvi i dobivali odgovor, -nema problema ali on mora dolaziti dva tjedna na pouke-. Bilo je to nemoguće zbog posla, da živi u Zagrebu dolazio bi, ali iz Opatije nemoguće.

Znala sam da crkveno vjenčanje nije garancija za vječitu sreću ali sam ipak bila žalosna, jer sam oduvijek maštala o vjenčanju u crkvi. Ta vijest i žalost nisu mogle baciti sjenu na moju sreću, jer moja ljubav prema Darku potisnula je žalost u stranu.

Bila sam sretna, sretna jer Darko je bio spreman napraviti sve za mene i naše vjenčanje. Moji roditelji nisu pokazali da su nesretni jer se njihova kćerka neće vjenčati u crkvi, ali ja sam znala da im je teško, bili bi sretni kao i ja da se to moglo ostvariti.

U tim trenucima često sam se pitala zašto ga njegovi roditelji nisu htjeli krstiti. Oni su vjenčani u crkvi i Davora su krstili, pa mogli su i njega krstiti. Darku također nije bilo jasno zašto ga nisu krstili ali je bio istog mišljenja kao i ja, da ćemo našu djecu krstiti u crkvi , bili mi vjenčani u crkvi ili ne.

Odgovor na to, zašto ga nisu krstili u crkvi, doznala sam nakon nekog vremena. Tata mu je u to vrijeme radio u vladi u Zagrebu i crkva se 1949 nije uklapala u komunizam.

Pripreme za svadbu tekle su bez problema. Svadba će biti kod Štefa i Dragice, naših prvih susjeda, koji će ujedno biti i moji vjenčani kumovi.

Ispraznili su svoju kuću, tako da mjesta imamo dovoljno, jer očekujemo oko 120 ljudi. Da 120 ljudi ne ostane gladno i žedno kupili smo još bačvu vina i zaklali svinju. Piletinu i govedinu za gulaš i juhu, kupili smo kod našeg mesara.

Razni kolači i kekse počeli su se peći već u utorak i srijedu, a četvrtak i petak na redu su bili rezanci za juhu, mlinci, gibanice makovnjače i orehnjače.

U subotu se pripremalo meso za pečenje kod našeg pekara u Krušnoj peći. Bilo je dosta posla ali nismo bili sami, imali smo pomoć u svemu.

Glavne kuharice bile su strina Ljubica, gospođa Zrinščak, Jelica Šušković i strina Tuna-Ž. Teta Katarina i strina Anka bile su pomoćne kuharice a glavni „zapovjednik" u kuhinji bila je moja mama. Na mnogim je svadbama bila glavna kuharica i znala je koliko čega treba pripremiti za 120 ljudi. Stolove, klupe i sav pribor za jelo posudili smo u dućanu uz malu naplatu.

Darko je stigao u četvrtak. U petak navečer navezuju se kitice, djevojke i mladići vežu mašne na ružmarin za svatove. U petak su autom stigli, Boris, bratić od Darka, te Davor s djevojkom Silvijom, Darkovi vjenčani kumovi.

SUBOTA 08.05.1971

Dan je osvanuo obasjan suncem. Termin za vjenčanje na mjesnom uredu bio je u 6 sati navečer.

Oko podne iz Opatije stigli su Darkovi prijatelji Žogica, Bakul, bratić Marijan i Zoran s autom. Malo iza njih stigli su s iznajmljenim kombijem i šoferom, Darkovi roditelji, Đino, teta Nada sa djecom, Gordan i Štefica.

Bili su oduševljeni friškim pečenim kobasicama, restanim krumpirom, kiselom paprikom i krastavcima za ručak. Štrudla od jabuka nezaboravna kao i tienka gibanica.

Kada su žene vidjele sobu punu kolača, ostale su bez riječi.

„Tako puno kolač, tko će to sve pojesti,“ govore.

U četiri sata počela sam se spremati. Došle su moje prijateljice, a strina Anka pravi mi frizuru. Jednostavnu dugačku haljinu dala sam sašiti. Na glavi kratki vijenac s dvije bijele ruže. Darko u tamnoplavom odijelu, a leptir mašnu zamijenio za kravatu sa Žogicom.

Spremna sam. U dvorištu moji tamburaši „Prigorci“ počinju svirati putnu, što je znak da moj brat i bratić Ivan Mučnjak i Darkov brat Davor, dolaze po prvu mladenku.

Strina Ljubica bila je ta mladenka. Preko ramena prebačena bijela plahta, na glavi bijela marama, zavezan naopačke.

Silaze stepenicama a mladenka još i šepa.

Počinje muzika i svati počinju tancati s njom ali ona jadna ne zna tancati.

Stanu plesati guraju ju na stranu i okome  se na japicu Iveka - Šuška, gdje su to našli, neće oni to, kaj nemaju nešto mlađe. Imamo, imamo, ali to nije zabadava. Plate oni to, Japica ih vodi po pravu mladenku.

Silazimo stepenicama u dvorište, a dvorište puno ljudi. Došli su svi susjedi da nas isprate.

Poslije male zakuske, ispraćajni govor našeg japice, Iveka-Šuška, izmamio je suzicu u oku moje majke.

„Dragi mladenci došao je trenutak da krene-  *te na put. Na put koji vas vodi u vaš zajednički život. Punoljetni jeste, mladost svoju, nadam se, proveli ste. Ljubice ti danas odbacuješ djevojačke cipele i obuvaš cipele supruge, snahe i sutra majke.*

I ti Darko odbacuješ danas momačke cipele i obuvaš cipele muža, zeta i sutra oca i na vama je da se brinete jedan o drugome do kraja vašega života. Idite u miru božjem, neka vam je sa srećom."

Mnogo ljeta sretni bili, bili,
Mnogo ljeta živjeli!

Vozimo polako ulicom Mrzljak, dugačka kolona automobila i svi trube. Ljudi izlaze iz kuća i mašu nam.

Stižemo do nekadašnje osnovne škole, koja je nakon izgradnje nove i veće škole, preu-ređena u mjesni ured. Soba vjenčanog ureda bila je nekada soba mojega razreda.

Čudan je to osjećaj. Prije sedam godina sjedila sam tu i učila za svoju budućnost.

Sada sjedim tu pomalo nervozna i slušam koje dužnosti i obaveze nas očekuju u budućnosti. Jedan od dvojice službenika započinje svoju dužnost.

„Pozdravljam mladence, svjedoke i sve prisutne. Dužnost mi je utvrditi da su prisutni radi zaključenja braka Darko Pošćić i Ljubica Sitar, te svjedoci Davor Pošćić i Stjepan Ročić, te konstatiram da su ispunjene i sve ostale pretpostavke za postojanost i valjanost vašeg braka. Zakoni i vaša prava....................................

Daljnji tok postupka prepuštam gospodinu matičaru Lovri Jelekoviću.“

„Dragi mladenci!“

Čast mi je i zadovoljstvo što vam u ovoj svečanoj prigodi mogu uputiti nekoliko riječi o vašem budućem zajedničkom životu.
Danas činite najvažniji korak u vašem životu i neka vaš svaki dan bude ispunjen ljubavlju, srećom, zahvalnošću i uzajamnim štovanjem.

Ljubav nije sebična, ona traži, ona daje, ona vjeruje, nada se i sve podnosi.

Bračna zajednica treba biti ognjište ljubavi i sklada i bude li tako, snaga te vatre neće grijati samo vas, nego i vaše najbliže a i one koji dođu u dodir s vama. Neka sklad i ljubav rese vaš brak.

Zakon govori o ravnopravnosti muža i žene u bračnoj zajednici, stoga rasporedite svoje obaveze tako da zajednički život bude lakši i ljepši.

Današnjim svečanim činom vi sjedinjujete svoju ljubav i svoje pojedinačne i zajedničke interese, učvršćujete svoju vezu, proširujete njezine granice. Učite se snošljivosti i popuštanju da bi vaš brak bio dugovječan i uspješan. Svakodnevno nađite vremena za dijalog sa svojim bračnim drugom, tako nikad nećete postati stranci. Obogatite svoj zajednički život raznolikostima, budite realni i odmjereni u željama, jaki i uporni u njihovim ostvarivanjima.

Ljubav je dio vašeg zajedničkog života, ona upotpunjuje vaše ostale aktivnosti i daje vam snagu da se još uspješnije dokažete kao osobe i članovi društva.

Čuvajte i branite svoj brak od svih kušnji, kao dragocjenost o kojoj ovisi vaša sudbina i sreća. Zato neka ovaj dan bude sretan početak dugog i lijepog zajedničkog života.

Poznati su vam svi zakoni i prava, molim vas da ovdje pred svima nama odgovorite dali vi Darko Pošćić pristajete da stupite u brak s ovdje prisutnom Ljubicom Sitar." „DA" Dali vi Ljubica Sitar pristajete da stupite u brak s ovdje prisutnim Darkom Pošćićem." „DA"

„Sada molim, vas i vaše svjedoke da ovdje u matičnoj knjizi potpišete to što ste glasno i jasno rekli."

Najprije potpisuje Darko, iza njega sam ja na redu. Ruka mi drhti, zadnji puta potpisujem s – Ljubica Sitar. Davor i Štef dali su također svoj potpis.

„S obzirom na to da je zakonski postupak za sklapanje braka završen, objavljujem da je brak između Darka Pošćić i Ljubice Sitar zaključen, ja vam čestitam i želim svako dobro u vašem zajedničkom životu."

Poljupcem smo zapečatili taj trenutak. Djevojka i djevojačko prezime ostaje iza mene, sada sam žena i gospođa Pošćić. Kumovi, roditelji, braća, prijatelji, tridesetak njih bili su prisutni toj svečanosti i čestitkama su nam zaželjeli sreću u zajedničkom životu.

U toj gužvi netko me pita gdje je Darko? Tražim ga pogledom ali ga ne vidim.

„Pa već te ostavio, dobro je počelo, pobjegao je, sad mu je kasno potpisao je," zezaju prijatelji. Stvarno kuda je nestao, već smo vani a njega nema i zezanju nema kraja. Konačno se pojavljuje, morao je na WC. Svi se smiju, bilo je veselo.

Termin kod fotografa bio je u 19 sati. Stigli smo na vrijeme. Slikanju nikad kraja i na kraju svi zajedno, gotovo je. Slavlje može početi.

Darko je bio upoznat s našim Markuševečkim običajima, ali opisat ću tu tradiciju koja mi je ostala u lijepom sjećanju.

Ispred ulaza u Štefovu kuću stoji stol i ispred njega stoje naš organizator, japica

Ivek-Šuško i njegov pomoćnik Jurič i ne puštaju nas u kuću.

Naši kumovi pregovaraju s njima, da smo došli izdaleka i mole da nas puste unutra da se malo odmorimo i okrijepimo, jer su čuli da imaju dobro vino i želja im je probati ga.

Mogu ga probati uz malu naknadu, i Iveku su dali nešto novca, probali vino i zadovoljni su. Uz glazbu, prvi ulazimo nas dvoje. Japica, Ivek-Šuško i njegov pomoćnik Jurič odvode nas do mjesta za stolom. Lijepo uređene sobe i pehari s vinom i Radenska voda pripremljeni na stolovima. Za mlađe generacije sokovi, Fanta i Coca-Cola. Uz glazbu gosti dolaze do našeg stola, čestitaju nam i uvijek ih ponudimo pićem.

Većina gostiju već je stigla, stariji dolaze tek ujutro pred zoru. Deset je sati i Ivek daje muzikašima znak za sviranje. Na prve taktove muzike svi ustajemo i pjevamo.

„Dobro večer gospodo, obeća se Isus k nam, obeća se Isus k nam, da bu s nama večeral. Doletjele tri ptičice, sjele su na grančicu.

Prva zapupivala - zdravo budi Marija,
druga zapupivala - milosti si ti puna,
trejta zapupivala - Gospodin je Bog s vama."

Vrijedne kuharice dolaze sa zdjelama juhe. „Bog blagoslovi ovu juhu i naše vrijedne kuharice," zahvaljuje im Ivek.

Nakon juhe stol se puni svinjetinom, piletinom, puretinom, restanim krumpirom, Rizi-bizi, mlincima i raznim salatama. Gibanice i kolači za desert.

Siti i zadovoljni malo odmora dobro bi nam došlo, ali naši muzikaši svojom muzikom jednostavno podignu ljude sa stolica. Naš ples Drmeš i Polka tada su bili obavezni plesovi na svadbama. Veli moja mama i mrtve bi ta muzika digla iz groba. Veselo, veselo.

Mala pauza za nas ali za Iveka nema odmora. Uz pratnju muzike počinje pjevati,

„Otac, mati, brat, sestrice,
svi darujte svi šetujte,
ovo naše mlado snaše,
ki petaču, ki šestaču,
samo da bu za zibaču."

To je znak da se počinje darivati mladence. Najprije su na redu moji roditelji. Ivek ide do njih s tanjurom i oni stavljaju novac na tanjur. Dolazi s njima do nas, Ivek nam pruža tanjur i govori:

„Ovo vas darivaju mladenkini roditelji Barica i Miško."

Darko uzima novac, daje ga meni a ja ga spremam u pregaču. Zahvaljujemo se, nudimo ih čašom vina i nazdravljamo s njima.

Na red dolaze Darkovi roditelji. Stavljaju na tanjur tanku dugačku kutiju. Ivek nam predaje poklon na tanjuru i govori:

„Poklon je za mladenku od njezine svekrve Marije i svekra Borisa. Kod njih je običaj da svekrva i svekar poklone nešto snahi."

Zahvaljujemo se, Darko uzima kutiju, otvara ju i vadi prekrasnu narukvicu te mi ju stavlja na ruku. Iznenađena sam, nisam znala za njihove običaje. Poslije roditelja na redu su braća, kumovi, rodbina, prijatelji i susjedi.

Većinom su poklanjali novac ali i poklone, kristalne čaše, vazu, komplet lonce, servis za jelo, tanjure, šalice za kavu, beštek, ručnike, kuhinjske krpe, peglu, mlinac za mljevenje kave i t.d.

Pjeva se i pleše, veselju nema kraja. Kum Mišo skuhao gulaš juhu uz to kukuruzni kruh, pravo osvježenje nakon darivanja.

Stariji gosti iz Opatije malo su prespavali, kod nas, kod Juriča i drugih susjeda. Gordanu se ne spava, -Ž- i vino drže ga budnog. Prijateljima od Darka se također ne spava, imaju dobro društvo. Sunce se pojavljuje, vrijeme lijepo i toplo. Nastavljamo sa slavljem u našem dvorištu.

Muzika svira a mi
zagrljeni u krugu pje-
vamo:

**Zora rudi dan se bijeli
a ja moram odlazit.
Nije meni što ja moram,
što ja moram odlazit,
već je meni što ja moram moju milu
majku ostavit.
Svirajte mi muzikaši,
Svirajte mi na rastanku.
Svirajte mi muzikaši
Cijelom svijetu na veselje
Mojoj majci na žalost.**

Dirnula me pjesma, uzimam pehar pun vi-
na i bacam ga preko puta na ogradu vrta.
Moja mama slijedi moj primjer i govori:

„Neka ti je sretno kćeri moja."

Niti tata nije mogao odoljeti.

„Staklo donosi sreću," govori,

„a i običaj je takav, bolje da propadne selo nego običaj."

Oko podne počinju odlaziti prvi gosti. Stojim na verandi sa svojom svekrvom, sretna jer je sve u redu, sretna jer su svi zadovoljni.

Dolaze do nas moja kuma Ljubica i sestrična moje mame, Magdalena, da se oproste od mene. Žele mi svako dobro u daljnjem životu, u novoj sredini i novom familijom.

„Mlada je, brzo će se naviknuti na novu sredinu i život s nama, samo ne bi trebali odmah imati djecu, najprije neka uživaju bez njih," govori svekrva.

Kuma Ljubica i Magdalena ostale su bez riječi kao i ja, a moja mama spasila situaciju dolazeći do nas sa spremljenim paketićima kolača za Ljubicu i Magdalenu. Običaj je bio da svaki gost kao zahvalu dobije paketić kolača.

Riječi moje svekrve izazvale su u meni tjeskobu, iako grije sunce i toplo je, meni postaje hladno, sva sam se naježila. Već drugi puta spominje mi to. Zar se uživati ne može i s djecom, zar ću morati pitati nju, kada smijem imati djecu. Kako ću jednog dana reći toj ženi da očekujem dijete. Djeca su za mene bila sastavni dio jednog braka, znak ljubavi. Naše vjenčanje bilo je vjenčanje iz ljubavi, zar je grijeh ako se iz te ljubavi rodi dijete. Još nisam razmišljala o tome kada ćemo imati djecu, prepustit ću to sudbini. Ostavila sam taj događaj po strani, jer danas je dan veselja.

Dvorište se polako prazni, Opatijci se spremaju za put. Mama im daje paket s mesom i kolačima da ponesu sa sobom.

Gordanu rastanak teško pada,"Ž" ga ljubi po licu, pun ja tragova crvenog ruža, neda mu se ali mora, Bio je oduševljen svadbom, jelom, vinom a naravno i s „Ž".

I danas, 26 godina nakon svadbe, kada se sretnemo, obavezno se priča o svadbi. Gordan ne može zaboraviti kako je negdje u noći pitao jednog gospodina dali on možda pozna „Ž", vražja žena, ne da mu mira, stalno se vrti oko njega.

„Da zbilja vražja žena, poznam ju dobro, to je moja supruga," govori mu Jurič.

Preko sto ljudi na svadbi pa od kud je izabrao baš njezinog muža da ga pita o njoj. Jurič je poznavao svoju ženu, svi smo znali strinu Tunu ili „Ž" kako smo ju zvali od kada je skratila **zdravicu-živjeli**-na „**Ž**".

Bila je veseljak, voljela se zezati i zabavljati društvo, s njom nikad dosadno.

Davor i Borisić ostaju još jednu noć. Darko je izdržao cijelu noć, ali kad su otišli zadnji gosti izgubio se u krevetu. Ja nisam imala vremena za spavanje, morali smo pospremiti Štefovu kuću da ima on i njegova obitelj gdje spavati. Kada smo bili gotovi kod Štefa nastavili smo pospremati kod nas.

Moj brat radio je u Umagu i morao je na put. Darko se probudio i volio bi s Davorom i Borisom ispratiti Vidu na autobus i svratiti na jedno piće u Restauraciju, ako nemam ništa protiv, neće ostati dugo. Nisam bila protiv jer još nismo gotove s pospremanjem a njihovu pomoć nismo trebale.

Pospremanje gotovo, kreveti spremni, već je pao mrak a njih još nema. Umorna sam te odlazim u krevet. Prva bračna noć, a ja sama u krevetu ali od umora odmah zaspala.

Probudilo me nečije pjevanje u dvorištu. Slušam, pa to su Darko i ostali. Zaglavili u restoranu s mojim bratićem Rudom i šefom restorana, ispričava se Darko. Veselo, još uvijek veselo!

Ponedjeljak dan odmora, ali ne za nas. Vrijeme lijepo i toplo, kuharice, pomagači i susjedi dolaze na prviče, ostatke od svadbe i veselje se nastavlja bez muzike ali pjesmama. Sve prolaznike cestom, častimo vinom i nudimo jelom.

U utorak odlazi Darko s Davorom i Borisom u Opatiju iznajmiti auto i vraća se po mene. Dolazi s Opel Rekordom i još mi ostaje dva dana za pakiranje.

Imamo mnogo poklona, posteljine i moju garderobu, koju moramo uzeti sa sobom u Opatiju.

Subotu 15.05. 1971 polazimo za Opatiju. Pozvali smo moju mamu da ide s nama, da mi rastanak ne bude težak i prvi dani u novom domu lakši. Vjerni susjedi i rodbina opet su na okupu da me isprate. Rastanak mi ipak teško pada.

Plačem-zašto plačem?

Plačem jer postajem svjesna da je to rastanak od mojih roditelja i brata, od moje rodbine, mojih susjeda i prijatelja, moje rodne kuće, mojeg rodnog mjesta. Za mene počinje novi život u novoj sredini uz moga muža kod njegovih roditelja.

Popodne stižemo u Opatiju. Osjećam strah, strah od nove sredine, novog doma, novog života. Bojim se, hoću li biti dobra snaha, do sada sam bila samo gost u kući a od danas sam član familije. Iako je doček bio srdačan, bila sam sretna da je moja mama uz mene.

Darko me najprije vodi u našu sobu. Gordanu je uspjelo da nas iznenadi. Divno pofarbana soba sa svjetlo lila bojom, ukrašena sa svijetlim motivima. Posebno odvojen široki rub zida od stropa pun bijelih Margarita.

U svakom kutu na vrhu zida nacrtao je buket s crveno-ružičastih ruža. Ovo umjetničko djelo poklonili nam Gordan i Štefica za naše vjenčanje. Namještaj se divno uklopio u taj prizor. Moja mama bila je također iznenađena ne samo našom sobom nego i cijelim stanom.

Budući da je soba jako velika Darkovi roditelji dali su nam dvije fotelje i mali stolić. Kupili smo malu vitrinu za naše poklone jer smo i od Darkove rodbine dobili dosta poklona.

Od silnog iznenađenja zaboravila sam na svoj strah. Svekrva je pripremila večeru i nudim se pospremiti stol i oprati suđe.

„Ne treba ja ću oprati, brisati ne treba neka se ocijedi do jutra." „ Ako vam mogu u bilo čemu pomoći, recite samo, bit će mi drago."

Moja mama ostala je tjedan dana kod nas. Njoj i meni bio je to nezaboravan tjedan.

Svekrva se sprema posjetiti prijatelje u Čakovcu. Odlučila je ići s mojom mamom do Zagreba vlakom, a dalje autobusom. Ja i Darko ispratili smo ih na vlak.

„Budite si dobri, ako vam ikada zatreba bilo kakva pomoć, slobodno nam se obratite, slušaj svekrvu i svekra, budi dobra i poslušna, kao što si i dosad bila, slušaj svoga muža, budi mu dobra žena," govori mi mama na rastanku i briše suze.

„Bit će im dobro, ne sekirajte se, mladi su, samo neka uživaju bez djece, imaju vremena za njih," govori moja svekrva.

Zašto opet spominje djecu, već treći puta, zar bi joj smetala djeca ili se boji postati nona. Mladi jesmo ali u tom vremenu s 22 godine ja sam već bila „stara cura" i zadnje vrijeme za udati se i roditi.

Vlak polako kreće, lik moje majke koja mi maše s prozora vagona, polako se gubi u kiši suza. Darko me tješi, njegova ljubav i blizina ublažuju moju tugu.

Ponedjeljak je, Darko mora na posao, dva tjedna godišnjeg brzo su prošla. Davor i svekar isto su na poslu a ja sama u tako velikom stanu. Ne nisam sama tu je kanarinac „Mićo" koji veselo pjeva.

Pospremam, idem na tržnicu, ručak mora biti gotov na vrijeme, jer Davor i svekar dolaze u jedan na ručak. Darko radi do dva pa nas dvoje kasnije zajedno ručamo. Svekrva je uvijek ponedjeljkom kuhala neke Maneštrice od povrća, ili grahom sa suhim mesom ili kobasicama.

Odlučujem se za Maneštru, grah s krumpirom i tjesteninom, specijalitet u primorju i prvi puta ju kuham. Još samo zaprška i Maneštra s kobasicama je gotova. Nisam sigurna dali se luk isprži prije nego se stavi brašno za zapršku ili poslije.

U pomoć stiže Davor, on misli da mama najprije isprži luk i na luku napravi zapršku. Danas znam da se to radi obrnuto, jer na greškama se uči.

Ispržila sam luk, stavila brašno, miješam zapršku i promatram kako luk postaje sve tamniji, skoro crn. Stavljam to u Maneštru a crni luk pliva na površini. Pokušala sam izvaditi taj luk ali nisam uspjela u potpunosti. Gledam žalosno u tu Maneštru, ne izgleda baš dobro, ukus osrednji, moram još puno učiti.

Davor i Svekar pojeli tanjur te Maneštre, čak su iz pristojnosti rekli da je odlična. Darku sam odmah kada je stigao s posla rekla, da mi Maneštra nije uspjela. Tješi me riječima:

„Ne sekiraj se, drugi puta bude bolja." Ostatak tjedna spremala sam faširance, pohane šnicle i kotlete s krumpirom. Preživjeli smo dok se svekrva nije vratila. Moram priznati da je dobra kuharica, samo za moj ukus stavlja previše češnjaka u svako jelo.

Svako jutro Svekar čisti krletku od kanarinca Mičota i stavlja ju na prozor. Poslije ručka pospremam kuhinju, pritvaram prozor da očistim mrvice od hrane koje je razbacao Mičo a krletka s Mičotom leti s drugog kata na terasu Bulajića.

Trčim dolje i molim Boga da je živ i da su Bulajići kod kuće. Zvonim na vratima, otvara mi njihov sin, objasnim mu što mi se dogodilo, idemo na terasu, krletka malo zgužvana, Mičo prestrašen ali živ. Bojim se što će reći svekar jer to je njegov ljubimac. Svekar se smijao i prekrstio Mičota u padobranac Mičo.

Kada se svekrva vratila iz Čakovca, predložila nam je da će ona kuhati za svih nas a mi joj dajemo mjesečno 80 tisuća dinara za hranu i režije. Ostatak Darkove plaće bio je dovoljan za autobusnu kartu i marendu, te poneki izlazak u kino.

Svako jutro svekar ide u dućan po kruh i mlijeko za doručak, poslije doručka ide na posao a svekrva na tržnicu. Kada se vrati na redu je pospremanje. Nudim joj svoju pomoć koju ona odbija riječima, ne treba, neka ja pospremim svoju sobu ostalo će ona. Kuhinja i kupaona na redu su poslije ručka.

Teta Nada svako jutro dolazi na kavu kada se vraća s tržnice. Donese malo radosti i veselosti u kuću.

U spremanju ručka promatram svekrvu u njezinom poslu i tu isto odbija moju pomoć. Ponedjeljak je dan pranja veša. Poluautomatska mašina olakšava posao, jedino je ispiranje bilo na ruku i tu sam suvišna.

Za peglanje svekrva odvaja moj veš, hvala Bogu da smijem barem nešto napraviti. Ne osjećam se ugodno dok ona radi a ja sjedim i promatram ju. Voljela bi joj pomoći bilo bi joj lakše a ja se ne bi osjećala suvišnom. Zašto stalno govori da joj nije potrebna pomoć, zar misli da ne znam pospremati.

Kod kuće sam već s deset godina počela pospremati, oprala suđe i pomela kuhinju, donesla vode s pumpe za piti i pranje suđa. Mama je znala cijelo popodne pomagati susjedima u polju i bila dosta umorna kada se navečer vratila doma.

Tada se primila pranja suđa što je ostalo od ručka. Jednom prilikom htjela sam ju iznenaditi i pospremila kuhinju.

Iznenađenje mi je uspjelo, bila sam ponosna kada me je pohvalila i rekla mi da sam to dobro napravila i da se može slobodno odmoriti jer je sve čisto. Poslije te pohvale moj omiljeni posao bilo je pospremanje. Rado sam pomagala i u drugim poslovima.

U ljetu za vrijeme školskih praznika, koji su bili od 15. 06. do 01. 09. išla sam s mamom i susjedom Kršićkom u šumu po drva. Svako jutro dizanje u pola četiri i u šumu dok nije vruće. Nakupile granja, složile breme koje smo nosile na glavi i u šest dok još nije bilo vruće bile smo natrag. Nismo trebali kupovati drva za zimu.

Kasno popodne s kravom na livadu da se napase i paziti da ne ide kod susjeda u kukuruz.

Na nekadašnjem Aerodromu prodavale su se parcele obrasle travom za pokositi. Tada nije bilo električnih kosilica, kosilo se s ručnom kosom. Tata je kosio cijeli dan a ja sam iza njega raširila redove da se bolje suše. Dva dana se moralo sušiti da bi se treći dan dovezlo sijeno s konjima doma.

U vrtu plijevljenje korova, kopanje i štihanje nije bilo bez mene. Povrća smo imali dosta i za prodaju na tržnici. Pobiranje šumskih borovica, malina i jagoda bio je pravi užitak za nas djecu, tri u usta jednu u lončić i to je bilo za prodaju. Pekmez za zimu radila je mama od marelica i šljiva.

Po friške koprive za svinje hodali smo sa Kršićkom i njezinom snahom skroz na vrh Medvednice, jer gore rastu u ljetu kasnije. Dva sata hodanja gore i dva natrag. Kada su vreće bile pune obavezno smo se odmorili uz Kršićkinu Štrudlu od trešnji ili sira i vode sa izvora.

Vinograd se nalazio dosta daleko od kuće pa su u berbi grožđa pomagali i susjedi. Auta za prijevoz grožđa do kuće nije bilo pa su ga muškarci nosili u brentama na leđima. Vino smo prodavali susjedima.

Poslije berbe grožđa u desetom mjesecu, na red dolazi berba kestena, kojega je mama prodavala na tržnici. Kiselili smo kupus narezani i cijele glavice za sarmu. Za dan mrtvih prodavali smo krizantene iz našeg vrta na groblju Mirogoj i cvjetne aranžmane koje je mama slagala.

Kolinje je bilo krajem jedanaestog mjeseca.

Frižider za duboko smrzavanje nismo imali i pravili smo kobasice koje smo sušili na tavanu. Šunke, rebrica, špek, nogice, glava, kožica od slanine, stavljalo se u pac. Šunke, rebrica i špek sušili smo na tavanu a od ostalih sastojaka kuhala se hladetina. Slanina se narezala na kockice i topila u loncu na peći. Imali smo masti i čvarke za jesti.

Dva tjedna prije Božića počela je mama praviti male borove od jelovog granja kojega smo ja i tata donašali iz naše šume. Iako smo vlasnici šume za to smo trebali imati dozvolu Šumarije i tada smo ih mogli prodavati.

Sve te poslove radila sam s veseljem, sama pitala mamu dali joj mogu pomoći što je ona sa zadovoljstvom prihvaćala a ja bila ponosna kad sam čula da susjedi mami govore da mora biti sretna što ima tako vrijednu kćer.

U školi sam bila vrlo dobar učenik. „Sve je u redu, samo loš rukopis", govori mi mama kada je dolazila s roditeljskog sastanka.

Nikada nije bilo problema sa mnom.

Ah da, samo jednom sam imala veliki problem. Prvi razred osnovne škole i u abecedi smo stigli do slova J. Zaboravila sam naučiti gradivo iz knjige, koje smo dobili za domaću zadaću.

Drugi dan čitam, bolje rečeno mucajući čitam, „Joj Mijo joj, joj meni joj"..... Učiteljica nije zadovoljna, napiše mi crvenu dvojku ispod gradiva u knjizi. Kada sam stigla doma mama me pita kako je bilo u školi, imam li nešto za zadaću, jesam li dobila koju ocjenu.

„Za zadaću moram nešto prepisati iz knjige, ocjenu nisam dobila."

„Dobro napiši zadaću poslije ručka, sutra ujutro ću sve prekontrolirati, sada moram strini Ruži pomoći u vrtu.

Zadaću sam napisala, ali dvojka mi ne da mira, stalno mislim na nju. Listam knjigu, a crvena dvojka mi se smije. Uzimam gumicu za brisanje i pokušavam ju izbrisati.

Od silnog brisanja dvojka je nestala, ali se pojavila rupa. Da barem nisam brisala, što će reći mama kad to vidi. Navečer je došla umorna doma i samo pita jesam li napisala zadaću, pregledat će ujutro.

Ujutro se bojim ustati iz kreveta, kriomice promatram što mama radi. Drži knjigu u ruci i lista, a ja molim boga da ne vidi rupu, jer sam znala što me čeka kad ju vidi i pustila sam se da spavam. Došla je s knjigom do kreveta i naravno, primijetila je da sam budna.

„Vidim da si budna, diži se, što je ovo?", pokazuje mi knjigu i rupu na stranici, *„od kud ova rupa?"* **„Ne znam."**
„Kako ne znaš, ne laži." ***„Od brisanja."***
„Zašto si brisala?" **„Zbog ocjene."**
„Koliko si dobila?" **„Dva."**

„Zašto si mi lagala jučer kada sam te pitala jesi li dobila kakvu ocjenu?"
„Bojala sam se da ne dobijem batina kada čuješ da sam dobila dva iz čitanja."

Batine sam ipak dobila ali ne zbog dvojke, nego laži i brisanja. Zbilja je bilo „Joj Mijo joj, joj meni joj!" poslije toga laganja više nije bilo.

Kada sam sedam godina kasnije u osmom razredu iz povijesti na usmenom dobila jedinicu, odmah sam rekla mami. Njezin komentar je bio:

„Budeš ti to ispravila, kako to da si dobila jedan?"

Pisali smo kontrolni, tema, drugi svjetski rat i nas petero od trideset u razredu dobili peticu. Znala sam ga napamet jer sam učila dok sam pazila na kravu da ne ode kod susjeda u kukuruz, dok je pasla travu.

Taj dan uzimali smo novo gradivo a nastavnica loše volje i počela je ispitivati samo nas koji smo iz kontrolnog dobili petice. Jedno pitanje, jedna kriva riječ u odgovoru:
„Sjedni evo ti jedan pa uči."

Smatrali smo da smo nepošteno dobili jedinice te smo se svi zajedno žalili direktoru. Drugi dan nam se nastavnica izvinjava i govori da nismo trebali odmah ići kod direktora. Ponovo nas ispituje i svi dobivamo petice. Mama je bila odmah obaviještena.

„Pa rekla sam da budeš ti to ispravila.“

Mjesec dana nakon svadbe Darko mi je pripremio iznenađenje. Primijetio je moju tugu i samoću koja me potiskuje.

„Kupio sam karte za vlak, u subotu ujutro idemo u Zagreb.“ *„A tvoj nogomet?“*

„Utakmica je u petak popodne.“
„Baš ti hvala.“

Darko je igrao nogomet, bio je golman u nogometnom klubu „INA“ u Rijeci i svaku nedjelju ujutro bila je utakmica. Od malena bavio se nogometom i jedrenjem, nisam imala ništa protiv da se i dalje bavi sportom.

Veselim se dolasku u Zagreb. U tramvaju od kolodvora do autobusne stanice s ponosom promatram narukvicu na mojoj ruci. Silazimo s tramvaja i vidimo autobus na autobusnoj stanici te trčimo do njega.

Vozač autobusa uključuje motor, vidio je da trčimo i čeka nas. Uskačemo u autobus koji odmah kreće. Držim se za ručku i pogled mi se zaustavio na mojoj ruci gdje bi trebala biti narukvica.

„*Darko narukvica, izgubila sam je.*"
„Ne, a gdje?"

„*Ne znam, kada smo izlazili iz tramvaja još je bila na ruci, izgleda da mi je ispala dok smo trčali na autobus.*"

Prva misao bila je, što će reći svekrva, kako ću smoći snage i reći im da sam izgubila narukvicu koju su mi samo mjesec dana ranije poklonili. Moje veselje zbog dolaska u Zagreb pokrila je tuga.

Mamu i tatu uspjeli smo iznenaditi jer nisu znali da dolazimo, veselili su se. Odmah im govorim o svojoj nesreći s narukvicom.

Sve mi ide naopako. Mičo s krletkom mi je pao sa prozor, ali je ostao hvala Bogu živ. Svekar mi je našao posao u turističkoj zajednici. Išla na razgovor kod njih a oni traže sekretaricu sa znanjem engleskog jezika, a moj engleski nedovoljan za to radno mjesto. I sad ta narukvica.

Da sam ju sama kupila nekako bi ju prežali-
la, ali ovako bit će mi teško.

Mama je vidjela da se sekiram i na ras-
tanku mi govori:

„Nemoj se sekirati, evo ti sto maraka, kupi
si drugu i ne trebaš nikome reći da si ju
izgubila." Opet je rastanak bio bolan.

Na moju sreću našli smo u Trstu istu na-
rukvicu, koju sam na ruci imala samo neko-
liko puta od straha da ju opet ne izgubim.

Svekrva u ljetu iznajmljuje sobe turistima.
Nekoliko Njemačkih obitelji dolazi već
godinama u Opatiju. Bračni par Anna i Karl
Wichert ovaj puta borave u hotelu Bel-
veder s prijateljima. Svekrva ih je pozvala
na kavu i kolače.

Ona zna Njemački i govore joj da idu u su-
botu autom u Veneciju i pozivaju nas kao
vjenčani poklon, a svekar i svekrva, jer go-
vore talijanski, mogu sa njihovim prijatel-
jima.

-Jedan dan Venecije-

Vidjela sam Veneciju na slikama, učila u školi da je to grad na vodi, ali vidjeti ju na licu mjesta, nešto jedinstveno, nešto što ostaje u vječitom nezaboravnom sjećanju.

Nezaboravna je ostala vožnja gliserom, uskim kanalima do Markovog trga uz malu pauzu na otoku Murano, gdje smo promatrali izradu raznih predmeta od stakla.

Naravno lijepi su bili i razni suveniri, a staklene gondole poklonili su nam Wichertovi prijatelji.

Hraniti golubove i ručati na Markovom trgu, posjet Bazilici Svetog Marka, diviti se mostu uzdisaja i Doževoj palači, šetati uskim prolazima punih dućana do poznatog mosta -Rialto- na Kanalu Grande i sa mosta promatrati spretne gondolijere, doživljaj je kojega si ni u snu nisam mogla zamisliti.

Veličanstven pogled s Markovog tornja na cijelu Venecijansku lagunu nismo propustili. Za rastanak od Venecije jedan Cappuccino na Markovom trgu.

Bio je to za mene nezaboravan dan, prekrasan poklon, malo bračno putovanje.

Zahvaljujemo se bračnom paru Wichert – **DANKE !!!!** Jedno skromno hvala iz dubine srca bilo je sve što sam znala na Njemačkom.

Krajem Lipnja moj brat, koji radi u Umagu dolazi nam u posjetu. Veselim se što je došao, veselim se jer nam je rekao da za mjesec dana završavaju posao u Umagu i dolaze u Opatiju.

Postavljaju automatske telefonske centrale u hotelima i ostat će nekoliko mjeseci u Opatiji.

Da to proslavimo poziva nas na roštilj u Starinu. Roštilj je bio odličan ali drugo jutro osjećam mučninu u želucu, dižem se iz kreveta, trčim u kupaonu i povraćam. Jelo s roštilja teško mi je palo na želudac.

Za ručak svekrva kuha gulaš s njokima. Prži luk i dodaje češnjak a miris toga postaje za mene nepodnošljiv, opet bježim u kupaonu. Drugi dan opet se budim s mučninom i povraćanjem, iako prethodnog dana za večeru nisam ništa jela.

Razmišljam od čega bi to moglo biti, u drugom stanju nisam, imala sam menstruaciju osam dana prije, baš onoga dana kada smo išli u Veneciju dobila sam ju.

Ispratili smo moga brata na autobus za Umag, a nas dvoje se prošetali uz more. Miris roštilja koji dolazi s terasa hotela nošen vjetrom, smetao mi je, želudac se buni ali se brzo smiruje.

Sljedećeg jutra opet trčim u kupaonu, povraćanje postaje obavezan pratilac jutarnjeg buđenja. Bila sam sigurna kao i Darko da sam u drugom stanju ali ću ipak posjetiti doktora.

Svekar sprema izlet sa svojim osobljem iz ureda po Sloveniji. Iznajmio bi kombi i treba im vozač pa pita Darka ako je spreman i može li dobiti tri dana slobodno a mogu i ja s njima.

Može, problema nema, a ja se prije puta spremam doktoru. Ponedjeljak, svekrva pere veš i govorim joj da idem kod doktora jer me boli trbuh, što je bila istina. Uz povraćanje pojavljuju se i bolovi ako sam bila malo dulje u pokretu.

„Čestitam," govori mi doktor poslije pregleda, „u drugom stanju ste dva mjeseca."

„Dva mjeseca, ali prije mjesec dana imala sam menstruaciju, nije bila kao obično, samo jedan dan."

„Skoro ste izgubili dijete, otvoreni ste, morali bi ići u bolnicu na šivanje, ali najprije dva tjedna strogo mirovanje i ležanje, pa ćemo vidjeti možda će koristiti.

Dakle 13. 05. 1971 imali ste normalnu menstruaciju, plus sedam dana a to znači termin za roditi bio bi 20. 02. 1972 druge godine, može se desiti tjedan dana prije ili kasnije. Recite sestri da dolazite za dva tjedna na kontrolu, ako nešto nije u redu dođite odmah, čuvajte se, morate ležati."

„Pošćić Ljubica, Zdravstveno osigurana preko muža Darka, jeste li vi snaha od Borisa Pošćića?", pita me sestra. „Da, snaha Marije i Borisa."

„Baš mi je drago da će Boris postati Nono. Darka i Davora znam od malena, stanovali smo nekoliko godina u istoj zgradi u ulici Maršala Tita. Dobro vidimo se za dva tjedna."

Veselim se toj vijesti, ali strah da ne izgubim dijete pomutilo je moju radost i veselje. Nemam volje ići doma, Darko je na poslu, a svekrva će me sigurno pitati što mi je rekao doktor. Bojim se njezine reakcije kada čuje da sam trudna.

Odlazim u park, sjedim na klupi i razmišljam. Skoro tri mjeseca sam već u Opatiji. Osjećam da me svekrva nije prihvatila kao člana obitelji.

Nadala sam se da će mi pomoći prilagoditi se novoj sredini, da ću naučiti dosta toga od nje, jer bila sam spremna učiti, da će mi pružiti šansu da pokažem što znam. Ali ništa od toga, prihvatila me kao snahu, ili bolje rečeno kao ženu njezinog sina. Njezin odnos prema meni postao je hladan.

Često je loše volje, ne usudim se više niti pitati ju dali joj mogu pomoći.

Veselim se teti Nadi, koja svrati svaki dan, vraćajući se s tržnice, na kavu i čašicu likera. Tada svekrva sjedi s njom dobre volje, nasmijana i vesela, inače samo čisti i posprema. Ne daj bože da jedan dan ne usisava i ne obriše prašinu, stalno govori kako je umorna od tolikog posla, ali pomoć ne prihvaća. Stan nije bio samo čist, moglo bi se reći sterilan. Nisam se usudila niti vode popiti da ne smočim sudoper.

Odlučila sam reći svekrvi da će postati Nona. Sigurno joj neće biti drago kada čuje tu novost, ali sakriti se to ne može. Dolazim hrabro doma, svekrva pere veš u kupaoni i vidim da je loše volje. Povišenim tonom mi se obraća:

„Konačno stigla gospođa i što je rekao doktor." Od straha sam skoro ostala bez riječi: „Upala jajnika, dva tjedna strogo mirovanje," odgovaram zbunjeno. Brzo se povlačim u svoju sobu. Suze su potekle niz moje lice.

Plačem – zašto plačem?

Plačem zbog svoje laži, zašto sam lagala, zašto se bojim, zašto nemam hrabrosti reći joj istinu. Da nije tako loše volje i lijepo me pitala, sigurno bi joj rekla istinu.

Lagala sam, jer još odzvanjaju njezine riječi sa svadbe u mojim ušima, **neka nemamo odmah djece,** te sam se bojala da mi ne predbaci što sam odmah ostala u drugom stanju, trebala sam paziti da se to ne desi.

Ali to je moje dijete, neće joj smetati, niti biti na teretu. To dijete je dio mene i moga muža kojega volim svim svojim srcem, ono je kruna našoj iskrenoj ljubavi. Nemoj plakati, misli na dijete koje nosiš u sebi, budi strpljiva i hrabra, bori se za to dijete da živo i zdravo dođe na svijet.

Darko me našao u krevetu i odmah me pita što je rekao doktor. Govorim mu što mi je rekao, tješi me:
„Ne sekiraj se, sve će biti u redu, samo leži i čuvaj se.“
„Mami nisam rekla istinu, reci joj ti.“
„Reći ću joj ako me pita, ne sekiraj se.“

Prije polaska na izlet u Sloveniju, jer ja nisam išla, govori mi svekar neka se čuvam, sreo je sestru Gracielu i rekla mu je da imam problema.

Ostala sam iznenađena. Medicinsko osoblje koliko je meni poznato, obavezno je dijagnozu zadržati za sebe ali sestra Graciela prekršila je zakon.

Sada i svekrva zna da će postati Nona i da imam problema, ali ničim nije pokazala da to zna, sigurno je bila ljuta i uvrijeđena jer joj nisam rekla istinu nego sam joj lagala. Mogla me ipak pitati zašto sam joj lagala.

Dva tjedna brzo su prošla i doktor mi nakon pregleda govori da ne moram u bolnicu, neka i dalje mirujem i ležim čim više, ništa teško ne radim i sve će biti u redu. Držala sam se toga savjeta jer su me i bolovi prisiljavali da veći dio dana provedem u krevetu.

Mami sam javila pismom da će postati Baka i koji problem imam. Brzo je stigao njezin odgovor, drago joj je i veseli se unuku ili unučici, neka se čuvam.

Polovicom devetog mjeseca spremam se u Zagreb. Moja prijateljica od malena, Slavica, se udaje. Idem sama jer Darko mora raditi. Dva dana prije polaska za Zagreb, svekrva dobiva goste iz Njemačke, bračni par Elli i Siegfried Wichert, snaha i sin Anne i Karla. Simpatični ljudi iako ih ništa ne razumijem.

Poklonili nam za vjenčanje beštek i pozvali nas u noćni bar u hotelu Palma. Bila je to lijepa večer i dobar program. Između ostalog i Striptiz, nešto novo za mene, nisam vjerovala do tada da tako nešto stvarno postoji.

U Zagrebu sam ostala skoro dva tjedna koja su mi jako brzo prošla. Elli i Sigfried otišli su par dana prije moga dolaska. Dva dana nakon mog povratka, sjedimo u kuhinji, ja, svekrva i teta Nada i odjednom me svekrva veselim glasom pita, dali mi je Darko rekao što se dogovorio sa Siegfriedom.

„Ne ništa mi nije rekao.“

„Razgovarali su o poslu i plaći ovdje, o tome kakve su mogućnosti da dobijete stan.

Siegfried ga je pitao dali bi bio spreman doći u Njemačku, on bi mu našao posao, stan nije problem naći a i plaču bi imao puno veću. Darko je pristao na to i nije ti još ništa rekao, čudno."

Da nisam sjedila u niskoj stolici-fotelji od svekra, ne znam što bi se sa mnom desilo. Za trenutak mi je postalo crno pred očima i u tom trenutku osjetila sam udarac u trbuhu, praćen bolom, koji me je vratio u stvarnost. Ukočila sam se od straha, neću valjda od šoka izgubiti dijete. Udarac se ponovio i postaje mi jasno da to nije udarac boli, to je život.

Osjetila sam svoje dijete, oživjelo je, pomaklo se, kao da je osjetilo što se sa mnom događa i hoće mi pomoći. Svojim udarcem daje mi do znanja da nisam sama, da je tu netko kome sam potrebna. Niti teta Nada niti svekrva nisu primijetile što se sa mnom događa. Digla sam se i bez riječi o-tišla u svoju sobu.

Plačem-zašto plačem?
Umjesto da se veselim novom životu ja plačem.

Kako ne bi plakala, nisam mogla vjerovati da je moj suprug odlučio ići u Njemačku bez da sa mnom razgovara o tome ili me pita što ja mislim o tome.

Zašto mi nije rekao da je razgovarao sa Siegfriedom, nego sam to morala doznati od njegove mame. Zna da očekujemo dijete, što će biti sa mnom i djetetom, zar ćemo ostati sami i brojiti dane i mjesece da budemo opet zajedno, a toliko se zaklinjao da nas više ništa neće rastaviti.

Gušim se u suzama i opet dobivam udarac u trbuh. Dobro neću plakati, gladim trbuh i govorim tom malom biću -**ako sudbina rastavi tvoga oca i mene, nas dvoje ostajemo zajedno jer ja u Njemačku ne idem-**.

Čekala sam da mi Darko sam reče nešto o tome, ali ne govori mi ništa. Nisam mogla izdržati i pitam ga navečer dali mi je zaboravio nešto reći kada sam došla iz Zagreba.

„Ne ništa važno se nije desilo o čemu bi morali razgovarati.“

„Ne ništa važno, zašto sam onda morala od tvoje mame doznati da si odlučio ići u Njemačku?“

„Ah to, nije to ništa ozbiljno, neće biti ništa od toga, ne sekiraj se.“

Tim riječima za njega je ta tema bila gotova. Nisam bila zadovoljna tim odgovorom, osjećala sam se toga momenta suvišna u ovoj kući. Mislila sam da se o tako važnoj stvari trebaju najprije dogovoriti muž i žena a on me isključuje iz toga. Tuga i strah od budućnosti ostali su u mom srcu.

Moj brat s njegovim poduzećem radi u hotelu Adriatik na postavljanju telefonske centrale. Imaju i smještaj u hotelu, ali svaki dan navrati do nas da se ne osjećam tako sama.

Za moj rođendan poklanja mi sliku djevojke s knjigom u ruci i suzom u oku.

Zar je pogodio u kakvom sam raspoloženju. Dirnula me ta slika i ne govorim mu zbog čega je i iz mog oka potekla suza.

Krajem desetog mjeseca svekrva je dobila pismo iz Njemačke. Pročitala ga je i veselo mi govori da je pismo od Elli. Piše joj, da je Siegfried razgovarao sa šefom jednog poduzeća, koji radi drvene potpore za rudnike ugljena i kod njega već radi nekoliko Jugoslavena, dali primaju radnike jer ima jednog poznanika u Jugoslaviji koji bi rado došao raditi u Njemačku. Da primaju, ali to će potrajati jer treba srediti papire za dolazak preko Jugoslavenskog konzulata.

Nisam mogla ništa reći na to, svaka njezina -vesela- riječ pogađala me u srce. Bilo mi je teško, ona se veseli tome, zar ne vidi koliko me to pogađa.

Povukla sam se bez riječi u sobu i suze su opet potekle niz moje lice. Sjedim u fotelji, držim ruke na trbuhu i plačući govorim malom biću, koje se javlja udarcem:

„Izgleda da ćemo ipak ostati sami.“

Svekrva je sama rekla Darku da je od Elli dobila pismo i da je Siegfried već razgovarao sa šefom jednog poduzeća dali primaju radnike i on mu je rekao da primaju ali da će to potrajati. Nije rekao ništa na to, a ona mu govori da mora biti dobar sa mnom, jer da mu inače neću potpisati da ga puštam u Njemačku.

„Dobar ili ne, ja ne potpisujem ništa, ako hoće neka ide u Njemačku, a ja u Zagreb."

Čudila sam se kako sam smogla snage da to velim, inače samo šutim i ne usudim se ništa reći. Ostali su iznenađeni mojim riječima te su prekinuli tu temu.

Svekrva ima problema s koljenom-meniskus i polovicom jedanajstog mjeseca ima termin za operaciju u Lovranu.

Za taj mjesec mi smo joj dali naš dio novaca za hranu i na odlasku mi govori da će mi tata ostavljati svaki dan za hranu. Nisam zaboravila, četiri dana ostavio mi je dnevno tri hiljade dinara. Peti dan mi nije ostavio ništa, vjerojatno je zaboravio.

Dobro da mi je ostalo nešto od prethodnih dana pa imam za kruh i neko povrće pa ću skuhati maneštru od povrća. Ne usudim se pitati ga navečer dali mi je zaboravio ostaviti novce za tržnicu, vidjet ću sutra. Drugi dan, na stolu ništa, u frižideru ništa. Uzimam od naših novaca i poslije govorim Darku i Davoru neka pitaju tatu dali je zaboravio ostaviti mi novce za hranu. Ako uzimam od naših novaca za hranu, neće Darko imati za autobus, a za ovaj mjesec dali smo svoj dio za hranu.

Ne usuđuju se niti oni pitati ga jer je svaku večer pod „gasom". Davor mi daje nešto malo, niti on nema a moj brat daje nam bespovratno koliko može, jer bliži se kraj mjeseca i svi smo na suhom.

Nedjelja je, Darko, moj brat i ja posjetili bi svekrvu u bolnici ali moramo prebrojiti sitniš da vidimo dali imamo za autobus. Moram ostaviti Darku za autobus samo u jednom smjeru, jer sutra je plača i ima za kartu natrag.

Nemamo dosta i dogovaramo se, jedina mogućnost pješačenje do Ičića I dalje do Lovrana autobusom, a natrag pješke od Lovrana do Ičića I do Opatije autobusom. Bilo je za mene malo naporno ali izdržljivo.

Svekrva je dobro i pita me dali mi je tata ostavljao novce kako smo se dogovorili. Rekla sam joj istinu, ostala je iznenađena. Na rastanku mi govori dali bi joj kupila bijelu vunu, nešto bi štrikala da joj prođe vrijeme.

Malo sam umorna od pješačenja, ali moram pripremiti nešto za večeru. Od ručka nije ostalo ništa. Napravit ću palačinke s pekmezom. Gledam u frižider, zadnja dva jaja ispekao si je Davor jer je bio gladan. Šaljem Darka kod None da nam posudi barem jedno jaje. Dolazi s jajima a ja gledam u kutiju s brašnom, a brašno na kraju, a i šećera nema dosta. Ovaj puta idem ja kod None. Nona se smije i pita dali mi još nešto fali.

„Ne hvala, sada imam sve, sutra dobije Darko plaću pa idemo u kupovinu i vratit ću vam sve." „Ne daj bože da to vraćaš", govori mi Nona i ja ju pozivam na Palačinke.

Budući da je svekrva morala ostati još neko vrijeme u bolnici za 12 mjesec nisam joj dala naš dio za hranu, tako da sam imala za kupovinu hrane.

Vunu za štrikanje sam kupila i zajedno od-
nijela s pismom, koje je stiglo od Elli.
Pročitala ga je i opet mi veselo govori, da je
Siegfried sreo na poslu šefa druge firme
koji mu je rekao da je poslao papire za
Darka na jugoslavenski konzulat i oni će se
javiti kod Darka.

Sumnjala sam o čemu joj Elli piše i bila pri-
premljena na to ali nisam mislila da će me
to opet toliko pogoditi. Osjećala sam se
jadno, nesretno i tužno te mi nije bilo jasno
kako se svekrva može tome tako veseliti.
Zar joj je svejedno da njezino dijete ode
u tuđi svijet i ostavi ženu i svoje dijete. Nis-
am mogla razumjeti tu njezinu radost i
veselje.

Navečer govorim Darku:
*"Eto, ipak će nešto biti od tvog odlaska u
Njemačku."*
„Zašto misliš da će nešto biti."

Rekla sam mu o pismu i o tome kako se
njegova mama tome veseli. Nije mi ništa
odgovorio na to. I dalje sam patila i bojala
se budućnosti ali nisam imala nikoga da me
utješi.

Za Darka sve to nije bilo ozbiljno te više nije htio o tome razgovarati. Jedina utjeha bilo je malo biće koje se stalno javlja udarcem i s kojim razgovaram o svojoj brizi i strahu od budućnosti.

Jednog dana u razgovoru s Đinotom, pita me, jesam li izabrala ime za dijete. Razmišljala jesam, ali izabrala nisam, ima vremena, neka se najprije rodi živo i zdravo. Njemu se sviđa Kristijan i Klaudija i ako se oženi i ima djecu dati će im ta imena. Kristijan mi se sviđa, moglo bi doći u obzir. Čudno samo sam razmišljala o muškim imenima.

Nona Sofija iznenadila me ."Za moje prvo praunuče, ovo možeš već oprati, još ću ti toga kupiti ima još vremena," poklanja mi paket pelena i dvije benkice. Dirnula me njezina pažnja i briga za mene. Kada me vidi uvijek me pita kako sam i neka samo pazim na sebe.

Polovicom 12 mjeseca došla je svekrva samo za vikend doma. Nedjelja, spremam ručak, faširance, špinat, pečeni krumpir i naravno juha.

Svekrva neće da se miješa u moj posao, neka samo kuham, ona će kuhati kada bude otpuštena iz bolnice. Netko zvoni na vratima, vrata nisu zaključana, zašto ne ulazi.

Otvaram vrata i ostajem bez riječi, moja mama s velikom putnom torbom stoji ispred vrata. Svojim dolaskom iznenadila me i obradovala. Donesla je punu torbu robice za svoje prvo unuče.

„Mama to je puno što si kupila." „Nije puno, kad ste se vi rodili nisam imala niti za kruh a kamoli za pelene, napravila sam ih od stare plahte, pa sam sada uživala u kupovini."

Kao da je znala da nemamo novaca za kupovinu, jer je kupila sve što je potrebno za početak. Kao za inat Darkovo poduzeće nema posla, pa nema niti prekovremena i plaća mala te nam ne ostaje ništa da mogu nešto kupiti.

Svekrva hvali ručak, a toliko sam se bojala da mi ručak ne uspije. Mama je ostala do ponedjeljka, pa sam joj rekla o svojoj zabrinutost, jer Darko planira otići u Njemačku.

Ostala je i ona iznenađena i pokušala me utješiti. Njezine riječi utjehe dobro su mi došle ali nisu mogle odagnati strah od budućnosti koji se uvukao u moje srce.

Na rastanku stavlja mi nešto u ruku i govori:
„Bilo bi mi drago da dođete za novu godinu, ovo je za vlak." Ostala sam bez riječi kad ja došla, ostala sam bez riječi kad je otišla, ali sa suzama u očima i tugom u srcu.

20. 12. 1971 svekar i svekrva slave SREBRNI PIR, ali velikog slavlja nije bilo, samo ručak za cijelu familiju. Muž joj poklanja lijepu bijelu bluzu, koju mu je kupila teta Nada, jer se on ne razumije u kupovinu.

Ja i Darko poklanjamo im komplet tanjura za šest osoba. Bili su zadovoljni poklonom. Iznenađuju nas viješću da misle prodati stan i kupiti dva manja, jedan za njih i Davora i jedan za nas. Već imaju interesenta za kupnju njihovog stana.

U tom momentu nisam znala što bi mislila o tome. Darko čeka papire za Njemačku, a oni bi nam kupili stan. Poslije razmišljam o tome, to ne bi bilo loše, samo da se to ostvari, možda Darko onda ne bi išao u Njemačku. Maštam o tome, dvije sobe i kuhinja bili bi nam dovoljni, možda će se ipak sve dobro završiti.

S veseljem sam se spremala za Zagreb na doček nove godine, bit će i kolinje, pravi užitak za moga muža. Moj brat još radi u Opatiji i putujemo zajedno za Zagreb popodnevnim Ekspresnim vlakom koji ima i restoran.

U kupeu s nama sjedi jedan stariji bračni par. Moji muškarci ožednjeli, idu u restoran na jedno piće i pitaju me dali idem s njima. Nisam bila žedna a oni su se brzo vratili. Na pola puta u Moravicama, vlak stoji malo dulje jer mijenjaju lokomotivu. Vida i Darko opet žedni i odlaze u restoran i više ih ne vidim do Zagreba.

Cijelo vrijeme osjećam bolove u leđima, nemirna sam. Gospođa me promatra, izgleda da je primijetila da se ne osjećam dobro jer me pita dali mogu tako dugo sjediti, dali mi nešto treba, dali mi je dobro. Moj odgovor kao i uvijek – Dobro sam sve je u redu.

Bližimo se Zagrebu a gospođa mi govori, kako su me muž i brat mogli ostaviti cijelo vrijeme samu, mogli su barem doći pogledati kako sam i dali mi nešto treba.

Da mogli su mislim u sebi. Kada se vlak zaustavio u Zagrebu pojavljuju se moj muž i brat, udubili se u razgovor s kondukterom i nekim putnikom, te nisu niti primijetili kako vrijeme brzo prolazi.

Izgleda da je bio stvarno jako interesantan razgovor kad su čak, mogla bi reći, zaboravili i na mene.

Zbog nestanka struje dočekali smo novu 1972, romantično uz svijeće, razgovor i pjesme. Tih nekoliko dana provedenih u mojoj skromnoj rodnoj kući, bez kupaone i zahoda u kući, bili su pravi užitak za mene.

Nisam se osjećala sama, dolazili su rodbina, susjedi i prijatelji da vide kako sam, nisu me zaboravili. Briga i pažnja tih ljudi bio je pravi melem za moju dušu.

Rastanak je ovaj puta bio težak, bilo je dosta suza ali me moj muž tješi svojim riječima i zagrljajem. Moja ljubav prema njemu vraća me u stvarnost, jer moje mjesto je uz njega, moramo krenuti ne put.

Mama nam je spremila jednu torbu s „malo" mesa od kolinja. Kada smo počeli vaditi to „malo" mesa iz torbe nikad kraja.

Stol se brzo napunio s čvarcima, krvavicama, kobasicama, rebricama, šniclama i kotletima. Svekrva se čudi tko će to sve pojesti, pa ima nas dosta u kući. Drugi dan mi govori da je razgovarala s mesarom i dogovorili se da će on meso izvagati i prodati a ona može svaki dan kupiti nešto drugo, dok se to ne izjednači u cijeni.

Ostala sam malo, mogla bi reći šokirana, dobro, naš zamrzivač nije veliki ali stalo bi to u njega. Mislila je moja mama, dok je to pakirala i na svog sina, da mogu i njega pozvati koji puta na ručak, na domaće kobasice ili šnicle, ali ne, nema domaćega.

Darko se sprema napraviti krevetić za naše dijete. Na tu ideju došla je svekrva. Napravio je nacrt, bit će to malo veći krevetić, tako da će moći spavati u njemu i kad malo odraste.

U poduzeću gdje radi nabavlja drvo i polako počinje s poslom. Podruma nemamo te mora sve raditi u kuhinji, svekrva prigovara jer je sve puno prašine ali to je bila njezina ideja.

Madrac za krevetić napravit će Rudo-Mopa. Dao nam je popis što sve moramo kupiti. Uz to moramo kupiti i peć ma ulje za grijanje u našoj sobi.

Novaca za to nemamo te razmišljam o kreditu, jer u dva mjeseca nemoguće je uštedjeti toliko da kupimo sve to. Govorim Darku da sam razmišljala o kreditu, što on misli o tome. On nije za kredit, možda uspijemo nešto uštedjeti a ako njegovi roditelji prodaju stan morat ćemo dignuti kredit za namještaj.

O prodaji stana više se ne spominje, te ne vjerujem da će nešto od toga biti, a čekati na to bilo je neshvatljivo za mene ali se nisam usudila ništa više reći.

Dva dana kasnije pospremam našu sobu, otvorim ladicu noćnog ormarića i vidim neke papire unutra. Gledam i ne vjerujem, pa to su formulari za dizanje kredita. Što sad to znači.

Pitam Darka, jer on ništa ne govori o tome, čiji su to papiri i što to znači. Razgovarao je s mamom i ona mu je rekla da je najbolje da ipak digne kredit. Sada je to u redu, ali kada sam ja to predložila, kredit nije dolazio u obzir.

Što da mislim o svemu tome, mislila sam da je to stvar muža i žene, da ćemo se nas dvoje najprije dogovoriti, a onda neka pita mamu što ona misli o tome, nemam ništa protiv toga. Kako da se osjećam ugodno i poželjnom u ovoj kući, kada me isključuju iz svih dogovora u vezi bilo čega, ne samo svekrva i svekar, nego čak i moj muž. Što sam ja u ovoj kući, pitam se često?

Uljez a ne član obitelji. Tim svojim ponašanjem prema meni dali su mi osjećaj da sam za njih samo netko, netko tko još ne zna što je život, netko tko još nije svjestan da donaša bilo kakve odluke u životu, ali šansu da naučim što je život, da naučim živjeti njihovim načinom života nisu mi dali.

Ne pitaj – šuti - ne prigovaraj – trpi, postao je sastavni dio mojega života. Jedino svjetlo i nada u bolje dane bilo je malo biće koje sam nosila ispod svoga srca.

Svojim „nemirnim" prisustvom davao mi je snagu i hrabrost da sve to izdržim. Kada sam bila tužna i osjećala se sama javljao se udarcem kao da mi šalje poruku – **Mama nisi sama, nemoj biti tužna i žalosna, imaš mene ja te trebam-.**

Darko je dobio kredit i kupili smo peć na ulje i sve potrebno za madrac a ostatak dali svekrvi za hranu i to duplo. Smatrali smo da će imati više troškova kad se dijete rodi jer treba ponuditi rodbinu kada dođe pogledati novorođenče.

Moja mama misli također doći, kako je rekla, da mi se nađe pri ruci prvo vrijeme i vidi svoje prvo unuče. Krevetić je bio gotov trebalo ga je samo polakirati. Bio je prekrasan.

18. 02. navečer postala sam nemirna i spremam se na spavanje. Zaspala sam nemirnim snom ali nisam dugo spavala kada me probudila čudna bol u leđima. Moje okretanje u krevetu probudilo je Darka i pita što se dogodilo,

„Bole me leđa." **„Da probudim mamu."**
„Ne nemoj, proći će, tako je bilo i prošlu noć."

Prošlo nije nego se bolovi opet pojavljuju. Vidim strah u Darkovim očima. Diže se iz kreveta i veli da ide na zahod. Vrača se s mamom koju je probudio. Pita me gdje boli i kako dugo traju bolovi. Dok joj objašnjavam bol se opet pojavljuje:

„To su trudovi, idemo u bolnicu."

Torba za bolnicu bila je spremna. Darko je nervozan, ide kod Borisića po ključ za auto. Spremni smo i oko ponoći krenuli smo za bolnicu.

Odlučili smo se za bolnicu na Sušaku u Rijeci. Pospana noćna sestra primila nas i pita kada su počeli bolovi i u kojim razmacima. Govori Darku i svekrvi neka pričekaju da se presvučem da uzmu garderobu sa sobom i neka nazovu ujutro jer to će još potrajati.

Odvela me na odjel i predala drugoj sestri, koja me vodi u sobu do kreveta ne paleći svjetlo i govori mi : „Ako osjetite da vam curi plodna voda, probudite me ja sam u sobi do vas,"

Koliko sam u mraku mogla vidjeti bilo je osam kreveta. Od spavanja ništa, trudovi se pojavljuju u vrlo kratkim razmacima. Noć je bila dugačka i konačno se pojavljuje sestra, opet ne paleći svjetlo i vodi me kod doktora na pregled.

„Neće više dugo trajati", govori mi doktor i zove sestru da me odvede u rađaonu a sat pokazuje 6.30 h. Konačno jedna ljubazna sestra, a ja jedina pacijentkinja, gledam na sat koji visi na zidu, a vrijeme kao da je stalo, kazaljke se polako miču, 7,00 h, 7.30 h, 8.00 h, 8.30 h, snaga me polako napušta a ljubazna sestra, primalja, još je uvijek uz mene.

Pozvala je doktora jer joj se čini da to već predugo traje. Doktor mi daje injekciju za pojačanje trudova i tješi me riječima, još malo i bit će gotovo. U 9.00 h. dolazi nova pacijentkinja i iz razgovora sa sestrom čujem da su kod nje trudovi počeli ujutro u 7.00 h. to joj je drugo dijete.

„Dobro vi znate kako je to, ja sam kod gospođe Pošćić", govori joj sestra.

Opet je kod mene i riječima mi pomaže koliko može, ali ništa se ne dešava. Ide do druge pacijentkinje i govori joj: „Zašto ništa ne govorite pa već se vidi glavica djeteta, tiskajte, tiskajte, evo ga gotovo je", govori sestra i već se u 9.25 h. čuje se plač djeteta. Prvo pitanje pacijentkinje: „ Dali je muško? „Da dobili ste sina." „Hvala bogu da je sin, imamo kćer od 18 mjeseci a muž je htio sina, sad će biti zadovoljan."

Bila sam iznenađena njezinim pitanjem, dali je muško, zar je njoj važniji spol djeteta, a ne dali je sve u redu.

Gledam na sat 9,25 h u 9.00 h je došla i već je rodila, a ja se mučim cijelu noć. Sestra je kod mene i bol se pojavljuje, dolazi još jedna sestra, još jedna bol i zadnjom snagom potiskujem koliko mogu a druga sestra lagano potiskuje moj trbuh, „evo ga gotovo je." Ne čujem plač djeteta, strah je prošao mojim tijelom, dižem glavu da vidim što se dešava.

Sestra drži jednom rukom za nogice malo stvorenje u zraku a drugom ga lupa po leđima i konačno se čuje slabašan plač mojega djeteta, hvala bogu živo je.

Zvoni telefon: „Da gospođa Pošćić je upravo rodila sina, sve je u redu."

„Imate sina, sve je u redu, u toj strci zaboravili smo skoro na vas", govori mi sestra i stavlja mi moje dijete, moga sina u naručje. Tu sreću i radost koju sam osjetila kada sam prvi puta držala svoje dijete u svom naručju ne mogu opisati, neopisiva sreća, nezaboravljiv doživljaj, kojega nisam, niti ne mogu zaboraviti, niti želim zaboraviti. Zaboravljena je bila neprospavana noć.

Gledam u to malo biće, moje dijete i razmišljam, 19.02.1972, sunčana subota u 9.35 h. ugledalo je moje dijete svjetlo dana.

DIJETE – ŠTO JE TO?

To je ljubav,
ljubav, koja je oživjela.
To je sreća,
za koju neman riječi.
To je jedna mala ruka,
koju vodimo u svijet,
kojega smo skoro zaboravili.

Opet zvoni telefon a sestra ovaj puta malo više objašnjava: „Da gospođa Pošćić je rodila sina, sve je u redu težak 3550 grama, dugačak 51 cm. Dobro doviđenja."

„Bio je to vaš svekar, prije je zvala njegova sekretarica, puno pozdrava i sve najbolje vama i djetetu", govori mi sestra i uzima mi dijete iz ruku i nježno mu govori:

„Dosta si bio kod svoje mame neka se odmori, bilo je teško, izmučio si i nju i nas a vi morate na šivanje jer sam vas morala prerezati". Nisam to osjetila ali šivanje bez injekcije protiv bolova, bilo je neugodnije nego sam porod.

Još u rađaoni dolazi sestra do mene i pita me ime djeteta. Sva imena koja sam izabrala i dolazila u obzir, kao da su odnesena vjetrom, jednostavno se nisam mogla odlučiti između tolikih imena te joj govorim da sam neodlučna, nije hitno, govori mi doći ću drugi tjedan.

Nakon šivanja vozi me sestra s krevetom u sobu. Soba ne baš velika, puna kreveta, brojim, 7 kreveta, 7 noćnih ormarića i jedan stol u ćošku pun vaza s cvijećem. Popodne dolazi sestra s buketom cvijeća do mene:

„Cvijeće je od vašeg supruga i pozdrav od njega i vašeg brata."

Posjeti nisu dozvoljeni kao ni držanje cvijeća na noćnom ormariću te ga sestra stavlja u jednu vazu na stolu koji je već prepun cvijeća.

U nedjelju dolazi Darko, svekrva i moj brat ali posjete nema samo razgovor s balkona iz drugog kata. Govore ili bolje rečeno viču da su vidjeli našeg sina jer je moj brat sestri dao malu napojnicu te je došla s djetetom u liftu dolje, otvorila su se vrata lifta, njih troje stoje pred vratima i gledaju u to malo stvorenje i vrata lifta već se zat-varaju. Primijetili su samo rupicu na bradi-ci, drugo nisu stigli vidjeti.

Svaka tri sata sestra donaša djecu majkama da ih nahrane. Navečer pitam sestru kada ću ja dobiti svoje dijete, - sutra ujutro-. Cijelu noć nisam mogla od nestrpljenja spavati.

Jutro je osvanulo, konačno dolazi sestra s bebama poredanim na kolicima u sobu Dijeli djecu majkama, uzima jednu bebu i ide prema mom krevetu. Još prije nego je stigla do mene, govorim joj da to nije moje dijete.

Pogledala je na broj koji je bio vezan na ruci djeteta i govori da sam u pravu, jer to je dijete gospođe X .... koja je ležala u krevetu do mene. Nisam trebala nikakvog broja svoje dijete prepoznala bi među tisuću druge djece.

Njegovo nježno lice s rupicom na bradi bilo je stalno pred mojim očima iako sam ga samo na kratko vidjela. Sestra je ipak pogledala i na moj broj koji je bio vezan na mojoj ruci. Ovaj puta brojevi su bili isti.

Sestra mi objašnjava kako da ga držim i dojim. Bio je gladan vuče iz sve snage, ali se brzo umorio i zaspao. Svojim dodirom na to nježno i drago lice budim ga da ne ostane gladan. Dosta mu je, svojim malim ručicama grabi moj prst i više ga ne ispušta. Prislanjam svoje lice uz njegovo i opet razmišljam o svojoj sreći, mislim da ne postoje riječi kojima bi mogla opisati taj osjećaj sreće koju jedna majka doživi i osjeti kada drži u naručju svoje dijete, dijete iskrene ljubavi.

Dolazi sestra i uzima ga iz moga naručja a njegova ručica na ispušta moj prst. „Sunce moje ne boj se za tri sata opet si uz mene." Kao da je razumio što govorim, pustio je moj prst, malo se namrštio na sestru koja mu ne da spavati uz njegovu mamu.

Ležim i razmišljam o imenima. Dvije pacijentkinje do mene razgovaraju o nekom filmu s Robertom Michumom u glavnoj ulozi, pa taj film smo i mi gledali, dobar film a Robert stvarno dobar glumac. U tom momentu dolazi sestra do mene i govori mi da joj još nisam dala ime djeteta.

„**ROBERT**" govorim joj kao iz puške, jer slike iz filma i glumac Robert su pred mojim očima, a Robert, Robert Pošćić ne zvuči loše.

„U redu, morate ga prijaviti na općini i možete promijeniti ime ako se odlučite za drugo."

U utorak popodne sestra mi govori da me suprug čeka na porti, pa sam išla dolje. Bila sam sretna kada me Darko zagrlio i poljubio i mogli smo razgovarati o svemu.

Pitam ga dali je razmišljao o imenu, ne nije, sviđa mu se Robert, neka tako ostane. Nadam se da ću u četvrtak biti otpuštena, sutra je vizita pa ću točno znati.

U srijedu je Darko došao s mojim bratom. Kada me ugledao, pita odmah dali je sve u redu jer je primijetio da sam tužna.

„Danas je bila visita i doktor mi govori da sutra ne mogu doma, jer dječji doktor mora sutra pregledati maloga pa mogu tek u petak doma."

U četvrtak sam razgovarala s doktorom koji je pregledao Roberta i govori mi da s kukom nešto nije u redu, neka se ne sekiram, neka idemo odmah s njim u dječju bolnicu na Kantridi, pa će vjerojatno dobiti remene za poravnanje kukova. Pogodila me ta vijest, plačem a nikoga nema da me utješi. Darko dolazi popodne i njega je pogodila ta vijest.

Darko je opet posudio od Borisa auto i u petak je sa svekrvom došao po mene. Svekrva je uzela Roberta iz sestrinih ruku, Darko torbu te su najprije njih dvoje promatrali to malo stvorenje, tata svog sina a nona svoga unuka. Nešto se počeo mrštiti, dosta mu je toga promatranja, žuri mu se doma. Za vrijeme vožnje počeo je plakati i ne prestaje niti kada smo stigli doma.

Darko ide u apoteku kupiti dudu, možda će ga malo smiriti jer još nije vrijeme za jesti. Smirila ga duda nije i svekrva mi govori neka ga ipak probam nahraniti možda je ipak gladan. Stavim ga na prsa, plakanje prestaje i vuče iz sve snage. Premotan i sit zaspao odmah.

U bolnici su mi rekli da ga hranim svaka tri sata po danu i po noći. Tri sata su prošla a on spava i dalje, pitam svekrvu dali da ga probudim ili ne. „Pusti ga da spava, kad bude gladan probudit će se sam." Tako je i bilo, spavao je punih pet sati.

Moram ga još i okupati i svekrva mi dolazi u pomoć. Darko sa strane promatra a Robert uživa u vodi. Bilo je već 21.00 h kada smo bili gotovi s kupanjem, nahranila ga i već spava te se i mi spremamo na spavanje jer ne znamo što nas očekuje ovu noć.

Slabašan plač, bolje rečemo mrštenje probudilo me, palim svjetlo i pogledam na sat 4.00 h, nahranila ga i premotala, odmah zaspao i spavao do 8.00 h. Nakon tri tjedna jednostavno se prestao buditi po noći.

U nedjelju je stigla baka iz Zagreba i opet donesla dosta toga za jesti i za Roberta divnu garnituru za obući. Kod nas u Markuševcu je običaj da se novorođenčetu stavi nešto novaca pod glavu kad ga se dođe prvi puta pogledati, da mu donese sreću, i baka je opet bila nenadmašiva. Hoću li ikad biti u mogućnosti odužiti joj se na bilo koji način?

U ponedjeljak smo išli s Robertom u bolnicu na taj pregled. Nakon pregleda govori nam doktor da ima slabo razvijene kukove, neka se ne sekiramo nije to strašno, slikati ga još ne smiju tek nakon dva mjeseca. Do tada će mu staviti udlage, za remene je još premali.

Sestra je donesla te udlage i gledam u to, dvije plosnate željezne šine, širine 5 cm, spojene u sredini kao x, presvučene kožom.

Stavlja to na stol i doktor uzima Roberta te ga gologa poliježe na sredinu tih šina a sestra mu raširila nogice i doktor savija te šine oko njegovih nogica. Gornji dio savinuo mu je na ramena prema naprijed. Govori mi da za dva tjedna dođemo na kontrolu, ne ga kupati, samo brisati i dan prije nego dođemo na kontrolu neka mu to izvadimo i okupamo ga.

Srce mi je htjelo puknuti od žalosti dok sam ga gledala na tim šinama s raširenim nogicama i plače a ne mogu mu pomoći. Cijelim putem do kuće plakao je, cijelo popodne plakao je, jedino dok smo ga nosili na rukama malo se smirio. Da toliko ne plače baka ga nosi na rukama a svekrva to ne odobrava.

Govori mami neka ga ne nosi stalno jer će se naučiti na nošenje i tko će ga nositi kad ona ode. Prije nego je mama uspjela nešto reći ja joj govorim, „Ja ću ga nositi, ne bojte se nećete ga vi morati nositi, neće vam smetati, a ti ga mama nosi i dalje samo da me plače, i od tolikog plakanja ne dobije bruh."

Navečer ga je mama uzela kod sebe u sobu i skoro cijelu noć nosila na rukama. Budući da plakanje ujutro ne prestaje govori svekrva neka idemo ipak kod doktora možda ga boli nešto drugo. Nakon pregleda govori doktor da je sve u redu, plače zbog tih udlaga jer mu to smeta i neka ga slobodno nosimo da ne plače.

Na putu do doma Robert je zaspao i kad smo stigli doma stavljam ga odmah u krevetić i čekam da počne plakati ali on i dalje spava. Spavao je dosta dugo i probudio se sa slabašnim plačem, premotala ga, nahranila stavila u krevetić i odmah je bez plača zaspao. Nismo ga više morali nositi da ne plače i nije se naučio na nošenje.

Srce mi se stezalo od tuge svaki puta dok sam ga prematala i gledala na tim šinama s raširenim nogicama, ali nada da će poslije toga sve biti u redu olakšavala je moju bol. Pogled na to malo nemoćno stvorenje koje sve to hrabro i bez plača podnosi, budio je u meni osjećaj nemoćnosti. Htjela sam mu pomoći, preuzeti na sebe te muke ali shvaćala sam da je to nemoguće.

Popodne ležim u krevetu, Robert spava a mama sjedi u fotelji i razgovaramo. Ulazi svekrva i kad je vidjela da ležim govori mi:

„Pa nije bolest roditi da moraš ležati u krevetu."

I prije nego sam stigla nešto reći moja mama joj već odgovara:

„Bolest nije ali dok sam ja tu neka samo leži i odmara se, ja sam tu da joj pomognem. Da je moja mama mogla ležati poslije poroda, ja ne bi u drugom tjednu svoga života ostala bez majke i dobro znam kako je to odrasti bez majke."

Da nisam imala bolove zbog šivanja dok sjedim, ne bi ležala već bi i ja sjedila u fotelji. Mama je bila tjedan dana kod nas i bila mi je velika podrška.

Svekar i svekrva opet govore o prodaji stana, kupca imaju a doznali su da se u vili

Frank na Stubištu Rupa prodaju dva stana i pitaju Darka ako bi išao s njima to pogledati.

Dolaze doma a Darko sav oduševljen. To je u stvari cijela kuća na dva kata s dva stana i tavan koji bi se mogao urediti za Davora. Podrumski stan nije za prodaju ali ima poseban ulaz. Svaki stan sastoji se od dvije velike sobe i velike kuhinje, špajze i kupaone. Kuhinju možemo podijeliti da dobijemo sobu za Roberta.

Natkriven balkon kao loža s pogledom na slatinu. Darko mi je opisivao tu kuću s toliko oduševljenja, da se to oduševljenje proširilo i na mene.

Počela je tinjati nada u meni da Darko neće ići u Njemačku ako se to ostvari. Svekrva me pita dali mogu prodati zemlju u Zagrebu što su mi dali roditelji, jer neće dobiti za stan toliko koliko bi koštala ta kuća. Zemlju za prodati nije problem a za uređenje ćemo ipak morati dignuti kredit.

Moj tata došao je 08. 03. također pogledati svoje prvo unuče, donio opet robice za obući i pod glavu novce. Taj novac i ono što je dobio od moje mame stavila sam na stranu jer smo trebali kupiti dječja kolica.

Sva oduševljena pričala sam tati o prodaji stana i kupovini kuće i govori mi da nema problema oko prodaje zemlje. Razgovarali smo o krštenju Roberta, željela sam ga krstiti i zamolila ga dali bi htio pitati svećenika dali je to moguće iako mi nismo vjenčani u crkvi.

Dan kasnije razgovarao je sa svećenikom, krštenje je moguće jedino će Robert crkveno nositi moje djevojačko prezime, ali ako hoćemo možemo se nas dvoje prije vjenčati pa neće biti nikakvih problema. Ako se slažemo s tim neka dođemo drugi dan na razgovor. Govorim Darku o tome, nije bio baš oduševljen s time ali je pristao na to.

Razgovor kod svećenika prošao je brzo i dogovorili smo se da ćemo se u subotu 11. 03. vjenčati, a drugu subotu 18. 03. krstiti Roberta. Svekrva je 06. 03. otišla u Italiju u posjetu bratu i vrača se 22. 03. te ju nismo

mogli obavijestiti o tome a svekra to iona-
ko nije zanimalo.

Zamolili smo Davora i Silviju da nam budu
vjenčani kumovi a Silvija ujedno i krsna
kuma Darku koji se prije vjenčanja morao
krstiti.

Zamolila sam Nonu Sofiju da pričuva svoga
praunuka i subotu navečer uz prisustvo
kumova, moga tate i brata održalo se naše
vjenčanje u crkvi. Bila sam neizmjerno
sretna toga trenutka, ispunila se moja
najveća želja, vjenčanje u crkvi.

Kada je moj tata odnio našem Svećeniku,
Krešimiru Ivšiću, potvrdu da smo vjenčani
u crkvi rekao mu je:
*„Miškec zašto nisi došao kod mene s tim
problemom, mi bismo to riješili bez prob-
lema,“*

Tata je otišao u nedjelju te smo ga zamolili
da pita mog bratića Juriča i njegovu supru-
gu "Ž", dali bi htjeli biti krsni kumovi Rob-
ertu, a ja sam ih i pismeno zamolila za to.
Javili nam da prihvaćaju to i dolaze s au-
tom.

Mama mi je javila da će i oni doći s njima i donesti sve za jelo, kolače i pijaču, neka mi ništa ne kupujemo. Bilo mi je žao da nismo mogli obavijestiti svekrvu o tome, jer će poslije misliti da smo to namjerno napravili dok nje nema, ali nije nas niti pitala hoćemo li krstiti Roberta a takvu priliku šteta je propustiti.

Subota je osvanula suncem. U podne su stigli moji Markuševčani s Jasnom koja se odmah zaljubila u Roberta. Dobro da je Jurič imao veći auto, Warburg – karavan, jer u Fićo ne bi to sve stalo što su donesli.

Kumovi su donesli također kolače i pijače, dječja kolica, robice za obući, zlatni lančić i pod glavu novce. Ostala sam iznenađena i bez riječi. Nisam se tome nadala, meni je jedino bilo stalo do toga da moje dijete bude kršteno, da mi jednog dana ne predbaci, zašto ga nismo krstili.

Poslije krštenja pripremili smo malu zakusku kod nas doma s našim prijateljima. Svekra nije bilo cijeli dan doma, došao je navečer malo „dobre volje" i pridružio se našem slavlju, pjevalo se i bilo je veselo.

Nažalost svekar mi je svojim ispadom pokvario slavlje i veselje. Najedanput je počeo vikati na mojega brata i tjerati ga iz kuće, da nema tu što tražiti jer je običan pijanac, neka se seli van iz kuće.

Moj brat tada je radio u Rijeci i svekrva mu je ponudila da spava kod nas. Darko i Davor jedva su smirili svekra a ja svog brata koji je htio otići u hotel.

Ostali gosti ostali su bez riječi, mama je plakala jer je mislila da su došli kod svoje kćerke i zeta i da me moja rodbina nije važno kakva je slobodno posjeti. Nisam znala što da joj odgovorim na to jer bila je u pravu.

Strašno me pogodilo sve to, cijelu noć moje suze topile su moj jastuk, kako da se ponašam u ovoj kući, gdje moga brata tjeraju iz kuće van. Osjećam se jadno, nepoželjnom, ali ne želim Darka opterećivati mojim osjećajima, to su njegovi roditelji i njihov stan.

Nedjelja je osvanula obasjana suncem. Svekra nismo vidjeli jer je otišao rano iz kuće. Nitko nije spominjao ispad mojega svekra ali osjećaj nelagodnosti osjećao se u zraku. Poslije ručka moji Markuševčani su otišli, najradije bi i ja pobrala Roberta i o- tišla s njima, ali ne mogu ostaviti svoga muža, koga strašno volim i ne mogu si zamisliti život bez njega. Zbog njega i Rob- erta moram biti jaka i strpljiva i nadati se boljim danima.

Svekrva se vratila iz Italije i ostala je iznenađena jer smo krstili Roberta. Objas- nila sam joj kako je došlo do toga da smo to tako brzo obavili a o ispadu njezinog muža nisam joj ništa rekla.

Par dana prije nego je Darko dobio plaču, govori mi svekrva da će ona kuhati za nas do Darkove plače, a poslije neka kuham sama za nas. U špajzi mi je napravila mjes- to za moje namirnice, struju i vodu dijelimo na pola, a tata će i dalje kupovati mlijeko za Roberta i to joj mogu platiti sa strujom i vodom. Ostala sam iznenađena ali ne žalosna zbog toga.

Njezin ručak za njih troje bio je gotov do jedan, a poslije sam kuhala ja za nas i naš ručak bio je u tri kada je Darko došao s posla.

Darkova plača nije bila velika, poduzeće slabo stoji, nema prekovremena i dobio je plaču 120 tisuća dinara. Napravila sam listu izdataka da vidim koliko će mi ostati za hranu.

120 tisuća dinara malo je za cijeli mjesec. Darku za autobus do Rijeke i marendu treba 40 tisuća, 10 tisuća mlijeko za Roberta, 25 tisuća račun struja i voda. Ostaje mi 45 tisuća dinara, a budući da u špajzi nemam baš ništa bit će mi teško. Idemo u dućan, u prvu veliku nabavu, brašno, šećer, sol, paprika, biber, ulje, ocat, tjestenina, krumpir, riža, jaja, pekmez, prašak za rublje i suđe, sapun, šampon za kosu, kalodont, dosta za početak.

Račun skoro 30 tisuća dinara, a ostatak 15 tisuća dinara malo je za kruh i meso. Kupujem kruh svaki drugi dan i u plastičnoj vrećici dobar je i drugi dan. Meso također po potrebi i velim mesaru da mi odreže 2 tanke šnicle, jer mi muž ne voli debele, 800 dinara.

Voli, voli, ali tanke su dobre za pohati pa ih ima viši na tanjuru, a i nisu tako skupe. A faširano, 20 deka i dosta kruha u njih i ručak spašen. Dobar je bio i pomfrit s jednim jajem na oko. Maneštra grah s krumpirom i tjesteninom, bez kobasice ili špeka. Moj doručak bio je, šnita kruha s pekmezom i šalica čaja. Budući da smo ručak imali kasno nije nam trebala večera.

Životarili smo, izlazili nismo zbog Roberta a i financijske situacije. Štedjela sam ali nisam uspjela do kraja mjeseca izaći s financijama. Falilo mi je. Dobro da je moj brat u to vrijeme radio na Krku i posjetio nas za vikend. Pozvao nas na večeru u Starinu, koja je tada imala dobar roštilj.

Vidio je u kakvoj smo situaciji i bez da ga pitam da mi posudi, ostavio mi je neki dinar i govori mi: „Vidim kakva je situacija kod vas, ne trebaš mi to vraćati." To se ne zaboravlja. Drugi mjesec već je bilo bolje, ostalo je nešto u špajzi.

Darko je puno u jedriličarskom klubu, popravlja jedrilicu, dva puta trening-nogomet a u nedjelju utakmica. On ima svoj hobi a ja svoj, mojeg Roberta. Svaki dan idem s njim u šetnju te s ponosom guram kolica po parku. Dobro je to dijete, spava cijele noći, nemamo problema s njim, samo nas ti njegovi kukovi malo zabrinjavaju.

Nosio je ove udlage dva mjeseca i RTG je pokazao da kukovi nisu iščašeni, ne smijemo ga siliti da hoda, neka sam prohoda.

Bliži se Prvi Maj, praznik rada, stiže mi pismo iz Zagreba. Prepoznajem mamin rukopis, otvaram znatiželjno a iznenađenje veliko. Uz pismo i novac za vlak jer je Prvi Maj a voljela bi vidjeti unuka. Kolike sam suze opet prolila, znam da i ona nema previše ali nikad se ne žali, radi u vrtu i to prodaje na tržnici.

Evo nas u Markuševcu, veselju nema kraja, susjedi, rodbina, prijatelji, svaki dan je kuća puna a centar pažnje moj Robert. Baka uživa, pere pelene svaki dan, hrani ga i uz to kuha za cijelu obitelj.

U razgovoru mi govori da joj je čudno da nas je svekrva stavila na stranu, to jest da kuhamo sami za sebe, jer joj je za Božić kad je bila kod nas rekla, da ona kuha za nas jer ja još nisam svjesna da kuham sama. Nije mi to tada rekla a dobro da mi je to sad rekla. Pokazat ću svekrvi da sam dovoljno svjesna da nju ne pitam za nikakvu pomoć u bilo kojem smislu, i radije ću jesti suhi kruh i vodu piti nego nju zamoliti za bilo što.

Tjedan dana brzo je prošao, povratak u O-patiju nije mi bio lagan. Pala je i poneka suzica a mama mi gura u ruke smotuljak novaca i govori mi: „ To ti je za sandale".

Darko i ja našli smo se u Rijeci da si kupim sandale a možda ostane i za torbicu. Izbor sandala bio je dobar, ali nijedne koje mi se sviđaju ne mogu na moju nogu, preuske. Konačno pronašla jedne koje mogu na moju nogu i sviđaju mi se ali mi se cijena ne sviđa. Preskupe. Ako njih kupim odustajem od torbice. Dobro, bez torbice mogu ali bez sandala ne mogu, dolazi ljeto a jedine koje imam malo su mi preuske. Ne znam zbog čega mi se stopalo malo pojačalo.

Sretna da sam pronašla sandale koje mi odgovaraju, dolazimo doma i s veseljem pokazujem svekrvi sandale. Sviđaju joj se i pita me za torbicu. Velim joj da su, nažalost, sandale bile malo preskupe a od Darkove plače ne mogu uzeti jer mjesec dana do druge plače je dugačak, pa će torbica priče- kati drugi mjesec.

„Pa trebala si kupiti torbicu već češ nekako izaći na kraj do druge plače".

Ostala sam iznenađena tim njezinim riječima, jer sam bila drugačije naučena od svojih roditelja. Za hranu mama je stavila na stranu, a ostatkom se u dogovoru, svaki mjesec kupovalo samo ono što nam je bilo stvarno potrebno i ne preskupo.

Nakon povratka svekrve iz Italije više nije bilo govora o odlasku Darka u Njemačku i rješavanju stambenog problema. Početkom 6 mjeseca Darko dobiva poziv iz biroa rada u Rijeci, da se javi zbog posla u Njemačkoj. Ne mogu opisati taj osjećaj koji sam u tom trenutku osjetila. Pomiješan osjećaj boli, tuge, nemoći. Ipak će nas ostaviti.

Dolazi s biro rada i govori mi, da mora dati otkaz u poduzeću jer mora biti prijavljen na birou rada i donesti potvrdu od policije da nije kažnjavan. Naknadu za nezaposlenost tada se nije dobivalo zbog samostalnog otkaza. O Bože moj još i to, pa od čega ćemo živjeti. Za ovaj mjesec imam još dovoljno za život a kako dalje? I dok ovo pišem potekle su mi suze sjećajući se tih dana i ondašnjih prolivenih suza.

Ivo, bratić od Darka radi kao konobar u gostioni Istranka, do naše zgrade. Dva dana nakon Darkovog otkaza u poduzeću, dolazi kod nas za vrijeme radnog vremena i govori mi da trebaju hitno šankericu, pa je pomislio da bi to bilo nešto za mene u ovoj našoj situaciji.

Zahvaljujem se Ivotu, rado bi nešto radila ali za to nemam nikakvog iskustva, a imam i malo dijete. Ako platim ženu za čuvanje neće mi ostati ništa od plaće, a jaslice u to vrijeme još nisu postajale.

Moja svekrva koja je bila prisutna našem razgovoru govori mi, ako je problem samo u tome, ona će čuvati Roberta i ne moram joj platiti. Koji preokret kod moje svekrve.

Odlazim s Ivotom kod gazde gostione i već sljedećeg dana počinjem s poslom. Spašeni smo. To nije bila samo gostiona, to je bio i restoran s marendom ujutro, ručkom i večerom, a navečer uz to i roštilj.

Radno vrijeme od 6 do 14 sati jedan tjedan, a jedan tjedan popodne od 14 do 22 sata ili bolje rečeno dok ima gostiju, a to se odužilo i do 24 sata. Svaki drugi vikend slobodna, plača 100 tisuća dinara, (200 DM), plus trinkgeld, plus u jutarnjoj smjeni marenda a popodne ručak ili lagana večera, koje bogatstvo. Neka Darko samo ide u Njemačku ja ostajem u Opatiji ili Markuševcu.

Budući da nam se financijska situacija malo popravila pozvala sam za produženi vikend, krajem sedmog mjeseca, svoju mamu i Robertove krsne kumove, Juriča i "Ž" s njihovom kćerkom Jasnom (velika Darkova ljubav).

Mama je spavala kod nas tih tri dana a kumovi kod Darkove None, kat niže, zajednički doručak imali su kod nas. Jasna i moja mama ostale su doma da budu čim više s Robertom a ostali s Darkom otišli na plažu. Večera je bila u Istranki gdje sam upravo taj vikend radila popodne.

Subotu u jedan stavim Roberta na njegovo spavanje koje je obično trajalo do 4. Govorim mami i Jasni da imam sat vremena pa se možemo prošetati do plaže i odnesemo malo voća i hladnog soka našim plivačima, pa može moja svekrva sa svekrom na miru ručati. Velim mami da ostane do 2 na plaži a ja i Jasna smo se odmah vratile.

Odmah po dolasku u stan moja svekrva digla je veliku paljbu na mene:
„Gdje ti je mama". **„Na plaži".** „Da, gospođa se kupa a ja moram Roberta čuvati. Dosta mi je svega."

Bože moj pa tek je prošlo mjesec dana da ga čuva i već joj je dosta čuvanja, a   sama se ponudila da ga čuva. Pa sada spava a ja sam tu još sat vremena a onda dolazi moja mama s plaže.

U sjećanje mi dolaze njezine riječi koje mi je rekla na dan vjenčanja:
„Samo nemojte odmah imati djecu."

Bez riječi otišle smo ja i Jasna na plažu po mamu. Jasna je ostala na plaži jer se toliko uplašila od tih njezinih riječi ili bolje rečeno od načina na koji je sasipala tu paljbu na mene.

Moja mama nije mogla vjerovati da se tako svekrva uzrujala, pa ona se mislila vratiti u 2 i paziti na Roberta. Zbog mira u kući nisam o tom ispadu ništa govorila Darku. Bez da njega pitam za odobrenje, jednostavno sam pitala mamu, dali bi htjela uzeti Roberta sa sobom, budući da su s autom, dok ne nađem neko drugo rješenje.

„Nema problema, ne sekiraj se, neka bude kod nas koliko ti hoćeš, nama ne smeta“. Otišli su a moje srce samo da nije puklo od tuge i žalosti.

Baka i unuk Robert

Taj događaj ostavio je ogromnu gorčinu u meni, koliko sam bila protiv Njemačke odjednom mi je bilo svejedno gdje ću provesti ostatak svog života, Njemačka ili u mojemu selu, Markuševcu, samo ne u ovoj kući. Da, za njih gospodu bila sam seljanka sa sela, davali su mi taj osjećaj.

Darko ne radi, svaki dan je na kupanju ili u jedriličarskom klubu. Nakon dva tjedna pita me kad mislimo ići po Roberta, jer njega nisam tada niti pitala dali se on slaže s time da mama uzme Roberta sa sobom.

Tada sam mu ispričala taj događaj, a po Roberta možemo ići drugi vikend kad sam slobodna, ali samo ako je on spreman da pazi na Roberta dok sam ja na poslu. Pismom sam javila mami da dolazimo po Roberta, jer tada još nije bilo telefona.

Elli i Siegfried stigli su u 8 mjesecu i iznajmili sobu kod nas. Elli je bila oduševljena Robertom, donesla lijepu robicu za njega i moju svekrvu. Svekrva je naručila iz kataloga par haljina i ljetnih kostima.

Pitala je i mene ako ću što naručiti. Listam po katalogu i oko mi se zadrži na odijelu u ono vrijeme jako moderno. Divim se ali pogledom na cijenu splasnulo je moje oduševljenje.

100 DM, skoro pola plaće, ne dolazi u obzir. Pita me svekrva jesam li izabrala nešto. Jesam ali mi je to preskupo, ne mogu si to priuštiti.

Šteta, bio je njezin odgovor. Njoj je bilo lako, ona će to obračunati s Elli i Siegfriedom. Nadala sam se da će reći, naruči ja ću to s njima obračunati a ti mi to vrati pomalo. Ništa od toga.

Siegfried je svakog dana kod mene u Istranki kupovao dvije flaše radenske vode i uvijek ostavljao lijepi trinkgeld. Nije mi bilo jasno zbog čega kupuje vodu u gostioni a ne u dućanu gdje je bila puno jeftinija, a dućan je bio samo par kuća dalje.

Pitati ga nisam mogla jer nisam znala Njemački. Rekla sam svekrvi da mu veli da je voda puno jeftinija u dućanu nego u gostioni, njegov odgovor bio je, ovdje mu je bliže nego po toj vrućini ići u dućan. Mislim si, blago njemu kad si može to priuštiti, a meni ti dinari dobro dođu.

Elli i Siegfried otišli su početkom 9 mjeseca, a Darko dobiva poziv iz biro rada da su papiri za Njemačku gotovi i neka dođe po njih. Dolazi doma s ugovorom za rad i kartom za vlak.

2. 10. 1972 ujutro polazak za Zagreb i navečer za München. Imao je vremena u Zagrebu, pa će to iskoristiti da se pozdravi sa svojim Markuševčanima.

Ostalo je još četiri tjedna do njegovog odlaska. Četiri tjedna intenzivnog razgovora kako ćemo dalje. Dogovorili smo se da će on najprije potražiti makar jednu sobu za nas i da će za Božić doći po nas.

Jesam li spremna na to, još uvijek postavljam sama sebi to pitanje, ipak je to strana zemlja, s malim djetetom, bez znanja jezika. Koju opciju imam, ostati ovdje sama s našim sinom ili zajedno u toj stranoj zemlji izgraditi svoj život.

Brzo je došao i taj 2.10. dan našeg rastanka.

Dan ranije dobila sam plaču i 100 hiljada dinara promijenila u Marke, 200 DM i još posudili 300 DM da ima Darko u stranoj zemlji za prvo vrijeme. Ostalo mi je 20 hiljada dinara za mjesec dana, taman za platiti mlijeko za Roberta i kruh. Vodu i struju platit ću kad sakupim od Trinkgelda.

Nisam imala vremena razmišljati o svojoj situaciji, ali spremajući kofer Darku suze su se samo slijevale niz moje lice. Naš rastanak na kolodvoru pamtim samo po tome - gledam vlak koji se udaljuje i netko maše s prozora.

Suze se slijevaju niz moje lice, osjetim nečiju ruku na svom ramenu, trgnem se i pogledam čija je to ruka. Moj brat čvrsto me zagrlio i nježno mi govori:
"Idemo, vlak je otišao."

Kako smo stigli doma ne znam i tek pogled na našeg sina vratio me u stvarnost. To malo biće te treba, ima samo tebe. Nemoj klonuti, drži se, budi hrabra, govorim sama sebi i grlim to malo stvorenje koje mi se smiješi. Svojim smiješkom ohrabrio me.

Dobro da sam na taj dan radila popodne pa nisam imala vremena puno misliti gdje mi je muž, ali noć je bila dugačka i teška. Jastuk se drugi dan sušio na prozoru.

Tek 4. 10. Javio se Darko telefonom svom tati u biro, da je dobro stigao kod Elli i Siegfrieda. Prvo pismo stiglo je tek tjedan dana kanije.

2.X 1972.

Voljena moja!

Danas ujutro kada mi je poštar predao tvoje pismo pomalo da nisam puko od sreće, ali i iznenađenja, ali da budem iskren potajno sam se i nadao znajući da znaš moju adresu. Teško je to opisati koliko me je tvoje pismo razveselilo. Čitajući ga grlo mi se stezalo i umalo pa da ne raplačem. Voljena moja i ja se sjećam kad smo jedan drugom obećali da se više nikad nećemo rastajašati, ali eto vidiš sudbina je to htela i šta se može. I meni rastanak teško pada ali vjeruj mi ljubavi to činim za naše dobro i za našu sreću. Pokušavam pronaći put ka našoj potpunoj sreći. Ne nemoj sada pomislit da dosad nisam bio srećan, jer nemoguće je biti nesrećan pored tako divne žene kao što si ti. Biti nesrećan pored žene koja mi je dala tako divnog sina, ne to je sa ista nemoguće dapače moga se sa tobom samo ponositi. Voljena moja nadam se da me zato ne optužuješ što smo se rastali.

na teratlo mene, ali sva
ki put traži svoje žrtve
pa tako je i put tea
rieci trnovit i težak. Mo-
žda se pitaš šta je za
mene potpuna sreća. Pot
Puna sreću doživjet ću
onog dana kada budeš ti
Ponovo samnom i kad
Budemo imali topli zaje-
dnički dom. Voljena moja
mnogo mi nedostaješ i bro
jim svaki sat i minut
kad ćemo ponovo biti
skupa, iako znam da je
do tog dana ostalo još do
sta, ali neku utjehu si
moram naći. Ljubljena moja
sada ću završio ovo drago
Pismo jer je nema za spa
vanje. Pozdravi mi Robija.
        Voli te i želi tvoj Darko

149

Stiglo je i mamino pismo iz Markuševca. Budući da sam imala slobodan drugi vikend a i moj rođendan bio je u subotu, mama mi šalje poklon, novce za vlak.
Veselje pomiješano s tugom.

Petak radim do 14 sati a vlak za Zagreb polazi u 16 sati iz Rijeke. Borisić, bratić od Darka, vozi nas s Fićekom na kolodvor i pomaže mi smjestiti se u vlak.
Rivijera express, brzi express vlak.
200 km do Zagreba, tri i pol sata vožnje brzo su prošle.

Robert je prespavao taj put. Doček u Zagrebu, srdačan, Robertov kum, Jurić i njegova kći Jasna, došli autom po nas. Tih dva dana pravi psihički odmor, koji su nažalost brzo prošli. Razgovori s mamom o Njemačkoj i mojem strahu od život u stranoj zemlji bez znanja jezika, bili su za mene ohrabrujući.

„Iako teškog srca, savjetujem ti, idi za svojim mužem, djetetu je potreban i otac. Pokušaj. Ako ne ide uvijek se možete vratiti, naša vrata uvijek su vam otvorena".

Na povratku u Opatiju dočekalo me Darkovo pismo. Piše mi, da on i Siegfried traže stan za nas, jer je jednostavnije naći stan nego samo sobu, kako smo se mi dogovorili. Stan pa to je nevjerojatno da imaju tolike prazne stanove za iznajmiti, nisam mogla vjerovati.

U sljedećem pismu me obavješćuje da su uz pomoć Alfreda Poesze, pronašli jedan stan s tri sobe i kuhinjom ali nažalost samo sa zahodom bez kupaone.

Okupati se mogu svaku subotu kod gazde jer on tada naloži peć za grijanje vode, a on se kupa svaki dan na poslu.

To bi bio stan samo za prvo vrijeme dok ne nađemo nešto drugo. Sigurno da mi odgovara pa ja sam odrasla bez kupaone i zahoda u kući. Kupanje u lavoru a zahod vani kod štale.

Tjedan dana kasnije stiže pismo od Darka, express. O ho, express koja žurba.

„Šumigica moja oprosti mi, dobiti češ jedno pismo od mene u kojem sam jako

ljut na tebe, najbolje da ga ne čitaš već ga odmah baciš. Danas su me dočekala dva pisma od tebe kada sam stigao s posla".

Stiglo i to pismo, znatiželja prevelika.,
„Dva dana nema pisma od tebe, da kad si u Markuševcu nemaš vremena za mene, sve zaboraviš, uživaš, baš te briga za sve."

Nisam mogla a da mu ne odgovorim, ali ne tako grubo.

„Da **„uživam",** a uživala sam i u Markuševcu, među ljudima koji me pitaju, jesam li gladna. Da Darko dva tjedna je prošlo kako te nema, tvoji roditelji su znali koliko mi je ostalo za život kada si otišao ali me do sada nijednom nisu pitali jesam li gladna. Dobro da me kuharice u gostioni to pitaju. Dođi čim prije po nas."

Sljedeće pismo iznenađenje, 100 DM. Dobio akontaciju 500 DM. Stan uređuju. Zavjese i tapisone kupili od prethodnih stanara za 100 DM. Ormar, kauč i stol dobili od Elli

kao i dvije stolice, sve polovno. Dječji kre-
vet, komplet s posteljinom i dječja kolica,
dobili od Siegfriedove sestre. Spavaču sobu
i kuhinjski ormar sa stolom i 2 stolice kupi-
li polovni za 300 DM.

Sudoper u kuhinji ugrađen bez bojlera za
toplu vodu. Električnu peć za kuhanje,
polovnu, dobili od Siegfriedovih susjeda a
peć na ugljen za grijanje u kuhinji dobili od
Elli.

U dnevnom boravku kupili peć na ulje, koja
grije i malu sobicu za Roberta. Frižider
našli Elli i Sigfried na cesti ispred jedne
kuće, bio je za odvoz u smeće. Pitali ljude
dali je u redu, mogu li ga uzeti, može. Stan
je namješten. Poslao mi Darko skicu nam-
ještenog stana. Ne mogu vjerovati da je to
istina.

Razmišljam, stan namješten za prvu silu, pa
mogla bi ja s Robertom doći i prije a ne če-
kati Božić da Darko dođe po nas. Darko je
zamolio pismom svoju mamu, dali bi ona
bila spremna da ide sa mnom, jer ipak je to
daleki put, i ja sama s malim djetetom, bez
znanja jezika, a ona zna Njemački.

Put joj plaćamo mi. Spremna je. Na poslu problema nema, zamjenu su odmah našli, tako da radim do 1. 11.

Kupila karte za vlak i dva tjedna mi ostaje još do polaska. Idem tjedan dana u Markuševec da se oprostim od svih prijatelja, susjeda, rodbine a i mojih dragih roditelja. Mama me pita dali može doći par dana prije nego idemo, da bude malo uz nas.

Veseli me ta njezina odluka. Težak i u suzama bio je taj oproštaj. Čudan je to osjećaj, tko zna kada ću opet doći. Recklinghausen je daleko preko 1200 km.

Nakon povratka iz Markuševca, svekrva mi govori, budući da ne radim mogu jesti s njima i ne trebam joj platiti mlijeko, stan i vodu. Koji preokret. Zašto, zbog čega pitam samu sebe. Mjesec dana nije me niti ponudila s hranom a sad odjednom tolika dobrota. Čudan je i to osjećaj, zar je sretna da odlazimo, izgleda.

Mama dolazi, uživa u unuku a ja se mogu na miru spremati za odlazak. Da nemamo puno prtljage uz sebe, dobila sam veliki drveni sanduk od svekrvinog brata, koji se brzo napunio s posteljinom, ručnicima a i mojom garderobom.

Njega smo dva dana prije našeg polaska, poslali vlakom. Ipak ja sam napunila još kofer i torbu, koju sam napunila s bocom rakije i pršutom, poklon Siegfriedu za 40 rođendan, kojega je slavio dva dana kas-nije.

Svekrva kofer i torbu s poklonima za nje-zinu prijateljicu Hilde i Karla. Torbu s hranom i potrepštinama za Roberta, jer put je dugačak, 24 sata vožnje vlakom.

Kada je svekar vidio te kofere i torbe komentirao je to na svoj način:
„Toliko kofera, pa koga vraga ste napunile u te kofere, što vam to sve treba".

Nisam mogla a da mu ne odgovorim:
„Ako niste znali ne idem na godišnji odmor, već živjeti u Njemačkoj."

Došao je i taj dan 16. 11. 1972 odlazak za Njemačku.

Baka drži Roberta u naručju a ja kružim zadnjim pogledom po mojoj spavaćoj sobi, sjećanja naviru i suze ne mogu zaustaviti. Moji roditelji su tada dobili povoljni kredit za gradnju kuće i od tih novaca plaćena je ta spavača a ja ju ostavljam da ju drugi koriste.

Pupo brat od svekrve vozi nas na kolodvor a Borisić s Davorom i Silvijom svojim Fićekom iza nas. Na kolodvoru čeka nas moj brat Vid, koji je stigao s otoka Krka gdje radi.

Bio je to opet tužan rastanak za mene, mama me grli i ne može zaustaviti suze a njezin sin zagrljajem ju tješi, kao što je i mene tješio prije mjesec i pol dana kada je moj Darko odlazio. Vlak je krenuo navečer u 20 sati, gledam kroz prozor i mašem iako od suza i mraka vidim samo svjetla perona.

Vožnja vlakom do Münchena protekla je bez problema. Bile smo same u kupeu, svekrva je spavala na jednoj strani a ja djelila sjedala na drugoj strani s Robertom. Ujutro u 6 sati stigli smo u München. Noć je prošla bez problema.

Imale smo sat vremena do polaska drugog vlaka za Wanne Eickel, gdje nas je trebao čekati Darko i Siegfried. Uzele smo nosača za prtljagu koji nas je lijepo smjestio u vlak. Sjedimo u kupeu vlaka, gledam kroz prozor a moje misli otišle u ne tako daleku prošlost. Tada nisam mislila da ću samo pet godina kasnije opet sjediti u vlaku na kolodvoru u Münchenu.

1967 moje prvo putovanje u inozemstvo bila je Holandija-Den Haag. Tatina sestrična Katica, koju sam upoznala u Opatiji 1960, udala se za Holandeza i pozvala me u posjetu.

Mi Jugoslaveni tada smo mogli u 6, 7 i 8 mjesecu bez Vize u Holandiju. Kroz Austriju nije bilo ograničenja a kroz Njemačku bila ie potrebna tranzitna Viza.

U Njemačkom Konzulatu u Zagrebu predala sam molbu za Vizu uz koju je trebalo priložiti, novi Pasoš, foto kopiju povratne karte za vlak do Den Haaga i pismenu izjavu mog Tate, jer sam bila maloljetna, da mi dozvoljava da mogu sama putovati u inozemstvo.

Poslije osam dana Viza je bila upisana u pasošu. Holandezi su na granici ipak upisali u pasoš datum ulaska i mogla sam ostati tri mjeseca u posjeti. Putovanje s presjedanjem u Münchenu trajalo je 26 sati.

U Münchenu ogroman natkriven kolodvor a vlakovi se moraju vračati da nastave voziti dalje jer tu je kraj kolosijeka a mojem čuđenju nema kraja. Dobro da je do Münchena putovao moj susjed koji mi je pomogao da sjednem u vlak koji je imao jedan vagon direktno za Den Haag.

Vožnja kroz Njemačku ostala mi je u predivnom sjećanju. Divna zelena polja žitarica i vinogradi. Od Frankfurta do Mainza uz rijeku Mainu a dalje do Kölna uz rijeku Rajnu.

Na tom dijelu rijeka Rajna djelovala je na mene kao da teče kanjonom. Lijevo i desno cesta i pruga, nekoliko kuća i onda padine s vinogradima a na vrhu poneki dvorac. Od Kölna do holandske granice puno industrije. Njemačka kao zemlja ostala mi je u lijepom sjećanju, ali tada nisam mislila da ću jednog dana živjeti u njoj.

Vožnja vlakom do Wanna Eickela protekla je dobro. Robert je bio mirno dijete, dosta spavao, bez problema. Svekrva se iz Nürnberga uspjela javiti telefonom Siegfriedu da stižemo sat ranije nego što sam pismom javila Darku.

18 sati navečer stižemo u Wanne Eickel. Svekrva mi govori neka idem s Robertom prema izlazu a ona će kofere i torbe kroz prozor davati Darku i Siegfriedu, jer vlak stoji samo tri minute.

Vlak se zaustavlja ja sam već skoro kod izlaza, kad me svekrva zove da se vratim jer vani nema nikoga, pa ide ona van a ja neka stavim Roberta na sjedalo i dodajem joj kofere kroz prozor. U tom momentu sav zadihan stiže Siegfried i pomaže svekrvi prihvatiti kofere i torbe.

Vlak je spreman za polazak, svi putnici su izašli, tri minute su već prošle ali ja još nisam gotova. Zadnju torbu dodajem Siegfriedu, uzimam Roberta i napuštamo vlak, koji zbog nas kasni. Pozdravljamo se sa Siegfriedom i svekrva ga pita gdje je Darko.

Objašnjava joj da nije stigao kod njih a nije mu mogao javiti da stižemo sat ranije pa je on krenuo sam.

Sada idemo najprije kod njih jer je Elli pripremila nešto za jesti, a i Darko je u međuvremenu sigurno stigao kod njih. Darko je bio žalostan jer je zakasnio da dođe sa Siegfriedom po nas jer nije znao da dolazimo ranije, ali evo stigli smo i sve je u redu.

Nakon večeri Sigfried nas vozi u naš novi dom a Darko s biciklom.

Ulazim u naš dom i ostajem iznenađena. Direktno izvana ulazimo u hodnik, na lijevoj strani kuhinja a na desnoj zahod.

U sredini stepenice za gore, a kraj njih dječja kolica. Gledam kuhinju i ne mogu vjerovati da je to sve naše.

Pa Darko mi je sve opisao kako izgleda stan i kako ga je uspio uz pomoć dobrih ljudi u tako kratkom vremenu namjestiti, starim namještajem, ali to je nadmašilo sva moja očekivanja.

Stepenicama dolazimo direktno u sobicu namještenu za Roberta i dalje u dnevni boravak a mome osjećaju sreći i oduševljenju nema kraja.

Ostavljam Roberta na kauču I vraćam se natrag da vidim i spavaču sobu, u koju se ulazi na drugoj strani iz Robertove sobice.

Stojim i gledam u krevete i ne mogu vjerovati, kreveti napravljeni za spavanje. U kutu sobe umivaonik i dva ručnika. Dobra Elli na sve je mislila, dala posteljinu,

jastuke i poplune, jer naš sanduk s postel-
jinom moramo tek podići na kolodvoru.

Moje misli u tom trenutku odletjele su na
moj dolazak u Opatiju i tadašnji pogled na
prazne krevete, samo madraci a ovdje u
tuđem svijetu, lezi pokri se i spavaj, sve je
tu.

Elli se uzbudila jer sam ostavila Roberta
samoga na kauču ali on se ne miče, samo
promatra. Svekrva mi govori da se Elli
bojala hoću li biti zadovoljna sa stanom jer
nema kupaone i stari namještaj, ali kad je
vidjela moje oduševljenje, da sam i Roberta
ostavila samoga, njezin strah je nestao.

Htjela sam joj se zahvaliti s malo više riječi
na svemu ali moj Njemački nula,

"Danke Elli", bilo je sve što sam znala.

Budući da nam sanduk s posteljinom još
nije stigao, nismo mogli napraviti kauč
za svekrvu. Elli joj govori da je jed-
nostavnije za njih da ide prespavati kod
njih nego da nam donesu posteljinu, jer
je već kasno.

Drugi dan, subota, dolazi Siegfried sa svekrvom i idemo nas dvije s njim na kolodvor pogledati dali je stigao sanduk. Stigao je, sve u redu. Uz put svratili u kupovinu.

Divi, velika samoposluga, kakve kod nas još nisu postajale. Sve na jednom mjestu, od živežnih namirnica, potrepština za kuću pa i nešto odjećc.

Prvi dan u novom stanu i kuhinji spremam se skuhati ručak. Faširanci i kupus s krumpirom na salatu. Promatra me svekrva i ništa ne govori. Nakon ručka govori mi da to još nije jela niti pripremila, ali mora me pohvaliti, bilo je ukusno.

Poslije ručka raspremile smo sanduk i napravile krevet (kauč) za nju. Robert se igrao u svojoj ograđenoj dječjoj igraonici. Igraonicu, igračke, stolicu za hranjenje, dječja kolica, kadicu za kupanje, dječji krevetić s posteljinom, sve smo to dobili od Siegfriedove sestre.

Ormarić pun dječje robice, poklon od Gospođe Danhaus. Koji luksuz.

Navečer smo nas troje sjedili u kuhinji, i slušali radio, vijesti, jer TV nismo imali. Svekrva je bila prevoditelj. Slušam i razmišljam, pa kako ću ja naučiti Njemački jezik.

Kako ću sama u dućan, dobro da je samoposluga pa ću se nekako snaći i ako umjesto brašna donesem sol doma, već sam naučila kako se veli sol.

Šećer je jednostavno i kod nas se veli cuker.

Meso sam podijelila po boji, govedina – crvena, svinjetina – svjetlija a piletina najsvjetlija i po izgledu drugačija i sve pakovano i zamotano prozirnom folijom pa se lijepo vidi što je unutra. S voćem i povrćem nemam problema.

Nedjelja 19. 11. Siegfried slavi rođendan, 40 godina. Pozvani smo na kavu i kolače u 16 sati. Htio je doći autom po nas ali se svekrva dogovorila s njim da ćemo doći pješice jer imamo kolica za Roberta i da ja malo vidim Recklinghausen, a on nas može dovesti doma.

Spremni smo, hoću Robertu obuti cipele ali zbog čarapica i hulahupki teško idu na nogu. Svekrva govori da je bolje da je bez cipela i samo još jedne čarape su dovoljne, to nije daleko, a pokrijemo mu nogice još i dekicom.

Nisam znala kolika je udaljenost, ali dobrih 45 min hoda i jedan dio preko polja, vjetar puše i dosta je hladno. Bojim se zbog Robert da mu nije zima i prehladi se. Možda bi ipak bilo bolje da je Siegfried došao po nas, ali me svekrva uvjerava da njemu nije zima.

Rođendan smo proslavili uz fine kolače i večeru. Kad je Siegfried ugledao naš poklon, pršut, oči su mu zasjale. Došli su i Siegfriedovi roditelji, sestra Margaret sa suprugom Heinzom i trogodišnjom kćerkicom Christianom, koja se odmah zaljubila u Roberta, a i Robert u nju.

Zahvalila sam se na svemu što su nam dali, a prevela im je moja svekrva. Bilo je ugodno društvo, ali zbog nepoznavanja jezika osjećala sam se pomalo nelagodno. Bože, nikad neću naučiti taj jezik.

Dan kasnije Robertu curi iz nosa da bi po noći dobio temperaturu 39°. Ipak sam bila u pravu, prehladio se. Stavljam mu na noge i ruke obloge ali temperatura slabo pada, a počeo i kašljati. Darko radi, telefona nemamo, što da radimo.

Svekrva me tješi, nije to ništa to je normalno kod male djece. Na svu sreću, Alfred Poesze, prijatelj od svekrve navratio kod nas. Kada je vidio u kakvom je stanju Robert, razgovara sa svekrvom, a ja kao tele od straha samo buljim u njih.

On zna jednog dječjeg doktora i vozi nas odmah kod njega. Kod doktora sestri je objasnio situaciju u vezi socijalnog osiguranja i da smo tek stigli iz Jugoslavije i sve ostalo.

Doktor je odmah pregledao Roberta teška prehlada, prepisao antibiotike, držati ga u toplom i dati mu puno tekućine za piti. Kao i svaka prehlada tri dana bilo je grdo, najviše kašljanja po noći.

Išla sam sa svekrvom na općinu da se prijavim, ne na policiju kao u Jugoslaviji i da dobijem dozvolu boravka. Nakon razgovora s nadležnim službenikom, koji nam je objasnio što nam je sve potrebno za prijaviti se, ostale smo iznenađene.

Potrebna je potvrda da moj muž ima stan i siguran posao, dozvolu boravka i rada, potvrdu koliko zarađuje jer mora uzdržavati svoju obitelj, mora boraviti najmanje godinu dana u Njemačkoj da može dovesti svoju obitelj, moj liječnički pregled obavljen je kod njih.

Sve papire smo imali, samo godina dana boravka ostala je bez potvrde. Predali smo to sve na općini i čekali odgovor.

Svekrva je ostala tri tjedna i početkom prosinca bila je spremna za povratak. Dali smo joj 200 DM da nam plati kredit, koji smo digli za kupiti peć na ulje prije nego se Robert rodio. Plus toga još 300 DM da vrati dug čovjeku koji nam je posudio za Darkov početak u Njemačkoj.

Robert i ja dobili smo dozvolu boravka na 3 mjeseca. Mjesec dana prije isteka roka ja i Elli uputile smo se na općinu pitati dali bi mogla napustiti Njemačku i ostati mjesec dana u Holandiji i vratiti se natrag, jer nismo znali za taj uvjet a sve druge uvjete ispunjavamo.

Dobra Elli objasnila je, da je to 24 sata vožnje vlakom do Jugoslavije, a ja s malim djetetom u nedovoljno grijanom vlaku, a u Den Haagu imam Tetu kod koje bi mogla provest neko vrijeme, a nije daleko putovanje i opet se vratiti. Ljubazni službenik pozvao je svoga šefa i objasnio mu našu situaciju.

Može i tako, Holandija i natrag, ali ako su svi drugi uvjeti ispunjeni, prepreka za produživanje dozvole boravka ne bi trebala biti.
Dozvolu boravka dobila sam na godinu dana.

Naš novi život u Njemačkoj započeo je skromno, ali sretno i bez dugova.

Godina 2022

Pisanje ovih sjećanja, bila su tada za mene jedna vrsta terapije, moja volja i borba za život, nakon još jedne maligne bolesti, s kojom se još uvijek borim i koja je već tada bila u punom zamahu.

Nisam ju pobijedila, akceptiram ju i postale smo „prijateljice".

Nisu samo moja volja i borba za život bile moja terapija, velika podrška bila mi je obitelj i prijatelji, kao i doktori s njihovim različitim terapijama, koje dobivam i dalje.

Mnogo toga se dogodilo u mom životu do sada, ali nisam zaboravila te godine, od 1997 d0 1999. To je bilo vrijeme kada sam patila i tražila psihološku pomoć. Moj sin je tada bio dvije godine u braku i odjednom se veza među nama prekinula.

2001 brak mog sina se raspao. Dolazi do nas i pita nas dali može ostati neko vrijeme kod nas.

„Moja vrata su ti uvijek otvorena, te riječi rekla mi je i moja mama kada sam odlazila u Njemačku, a ja sam ih rekla tebi kad si se odselio od nas i od tada se ništa nije promijenilo."

Ispričao se zbog svog ponašanja i rekao mi da ga nijedna žena više nikada neće spriječiti da razgovara s roditeljima.

Njegovo obećanje nije se promijenilo do danas.